청춘

청춘

마광수 소설

책읽는
귀*족

 서 시

그리움

붉은 저녁 노을 보면
그대 입술인 양하고

저 혼자 깊어가는 강물 소리 들으면
그대 목소린 양하고

검푸른 산등성이 보며
나 홀로 저녁 어스름을 헤매네

오늘은 꿈에서나 만날까
더 못 견딜 이 그리움

이윽고 완전한 어둠은 내리고
그대의 눈동자처럼
머리결처럼 검은 어둠은 내리고

나는 캄캄한 적막 속을 거닐며
그대와의 추억을 더듬네

2013년 1월
마 광 수

청춘

차 례

1
전주곡

전주곡

내 나이 열아홉 살, 그러니까 대학교 2학년생일 때였다. 나는 국어국문학과에 다니고 있었는데, 우리 과(科) 2학년생 30명 중에 여학생이 단 한 명밖에 되지 않았다. 그래서 우리 과 남학생들은 다 여학생이 너무나 적어 적막해 했다.

그리고 우리 과 학생 전부가 문학창작을 꿈꾸고 국문학과에 들어온 것이 아니었다. 예닐곱 명 이외에는 다 Y대 배지를 달고 싶어 점수에 맞춰서 대충 국문학과에 입학한 것이었다. 그래서 나를 비롯한 남학생 몇몇은 같이 문학 공부할 동료가 적어 허전해했다.

1학년 때는 주로 교양과목 위주로 수업을 했고, 또 대학생

활에 적응하는 연습을 하느라(동시에 대학입시에 성공한 것
에 들떠하면서 술 마시고 노느라) 바빴고 문학창작에 대한
관심과 열정은 빗겨나 있었다. 그런데 전공 수업을 하는 2학
년으로 올라가면서부터는 같이 문학창작 공부를 하면서, 그
리고 이왕이면 여학생들과 함께 어울려 문학공부도 하고 놀
기도 하면서 지낼 수 있는 분위기가 새삼 그리워졌다.

그런 생각을 하고 있던 나를 비롯한 다섯 명의 남학생들
은, 남녀 동수(同數)로 문학동인회를 결성하여 문학공부도
하면서, 또한 동시에 낭만적으로 놀기도 하면서 지내보자는
데 의견이 일치하기에 이르렀다. 그래서 3수를 하고 들어와

입시학원에서 여학생들과 같이 지내본 경험이 많은 원규가 총대를 메고서, 옆에 있는 E여대 국문학과 2학년 여학생들 가운데 다섯 명을 동인회 회원으로 끌어들이게 되었다. 그 당시는 남녀공학 고등학교가 하나도 없었던 때였다.

그때 우리는 원규에게, 문학창작에 대한 의욕도 중요하지만 외모도 중요하니 이왕이면 예쁜 여학생들을 골라오라고 주문했다. 그러면서 다들 미녀에 대한 희망에 부풀어 있었는데, 그럴 수 있었던 것은 E여대 국문학과 정원은 우리 대학교 국문학과 정원의 3배나 되는 90명이었기 때문이다. 말하자면 미녀를 끌어들일 확률이 높았던 셈이다.

원규는(우리는 1학년 중간 때쯤부터 현역·재수·3수생을 구분 짓지 않고 '형' 자(字) 같은 거를 붙이지 않고서 서로 말을 터놓고 지내기로 합의를 보았었다) 그토록이나 막중한 임무를 씩씩하게 짊어지는 것을 흔쾌히 수락했고, 당장 작전 개시에 들어갔다.

그는 E여대 국문학과 여학생들 가운데 아는 학생이 하나도 없었다. 그래서 E여대 수위 아저씨한테 이 핑계 저 핑계를 둘러대어 E여대 정문을 통과하는데 성공했다. 그리고 곧바로 국문학과 사무실을 찾아갔다. 그러고 나서 사무실 옆 알림판에 붙어 있는 국문학과 시간표를 보고 2학년 필수과목 수업

시간과 강의실 호수를 알아내어 강의실 문 앞에서 기다렸다.

그러다가 수업이 끝나고 학생들이 나올 때, 외모가 괜찮은 여학생 몇 명에게 자기 신분을 밝히고서 문학창작에 관심이 있느냐고 의사를 타진해 보았다. 그러던 중 한 명의 예쁘장한 여학생이 그렇다고 대답하자, 곧바로 Y대 국문학과 2학년생 다섯 명과 문학동인회를 결성할 의향이 있느냐고 물어보았다.

천우신조(天佑神助)로 마침 그러고 싶다는 여학생을 만나게 되었다. 그래서 그는 그 여학생에게 같은 과(科) 친구 네 명을 더 구해보라고 부탁했다.

차마 외모가 예쁜 여학생들로만 정원을 채우라고 부탁하지는 못했다. 그러나 그때 원규의 생각으로는, 예쁜 외모의 여학생은 '유유상종'의 원칙에 따라 예쁜 외모를 가진 친구들하고만 친하게 지낼 것이 틀림없다는 확신을 갖고 있었다는 것이다. 이런 이야기는 다 나중에 원규가 우리들한테 얘기해줘서 알게 된 사실이다.

그런 과정을 거쳐 비교적 수월하게 남녀 다섯 명씩이 모여 열 명의 동인(同人)을 결성하게 되었다. 첫 번째 만남의 장소를 결정하는 것은 원규의 의사를 따르겠다고 그 여학생이 말했기 때문에, 원규를 비롯한 우리 다섯 명 남자 멤버들은 어디서 만나는 게 가장 분위기가 좋을 것인가 하고 머리를 쥐어짜 보았다.

E여대는 금남(禁男)의 지역이라서 그 학교 안의 빈 강의실이나 잔디밭 같은 데서 만나는 것은 아예 불가능했고, 그렇다고 우리 Y대의 빈 강의실이나 숲속의 빈터 같은 데서 만나는 것도 좀 어색했다. 무드 나는 음악이 잔잔하게 흐르고, 차라도 한 잔 마셔가며 편안하게 이야기를 나눌 수 있는, 사람 없고 조용한 카페 같은 곳이 제일 좋겠다는 결론이 나왔다.

그런데 마땅한 장소가 영 떠오르지 않는 것이었다. 신촌의 카페는 대개 음악이 시끄럽고 손님도 많아 적합한 장소가 못 됐다. 좋기로는 당시 '젊은이들의 메카'요 '청년문화의 산실(産室)'이라고 불리던 서울 한복판의 명동이 제일 좋은데, 거기서도 역시 조용하고 한산하면서 무드 있는 곳을 찾아내기 어려웠다.

그렇게 여러모로 수소문을 해보고 현장 답사도 해보다가, 우리는 드디어 모임에 적합한 장소를 찾아내게 되었다. 종로 2가에 있는 '가을'이라는 이름의 찻집이었다. 음악을 클래식으로만 낮고 잔잔하게 틀어줄뿐더러, 손님이 별로 없어 한산하기 때문이었다. 그리고 찻집 구석에는 열 명이 한데 앉을 수 있는 편안한 의자가 배치돼 있었다.

그때 종로 2가는 서울에서 제일 큰 서점인 <종로서적 센

터>가 있어 대학생들이 많이 몰려드는 곳이었다. 그리고 여러 골목 안에는 값싸고 허름한 막걸리 집이나 소줏집도 많았고, 대학생을 상대로 하는 생맥줏집도 많았다. 또 명동에서도 가까운 거리에 있어서, 기분이 내키면 명동으로 가서 당시 명동에 많이 있던 라이브 카페에도 가볼 수가 있었다.

당시의 Y대와 E여대 학생들은 신촌에게 놀기보다 종로 2가나 명동, 그리고 무교동으로 가서 술이나 차를 마시면서 놀았다. 종로 2가엔 <종로서적 센터>를 비롯하여 <양우당 서점>이나 <일신 서적> 같은 대형 책방이 몰려 있어 지적(知的) 탐색을 하면서 놀기에 적합했고, 무교동은 낙지 볶음집과 생맥줏집이 많아서 좋았다. 그리고 명동은 당시에 귀했던 연극 공연장인 <예술 극장>과 <카페 떼아뜨르>, 그리고 <창고 극장>이 있어 좋았다.

또 무엇보다도 명동엔 수많은 라이브 카페들이 들어서 있어서, 서양의 전위적인 첨단 음악을 그룹가수들이 불러주거나 그때 한창 유행이었던 '통기타 대중음악'을 국내의 신예 가수들이 직접 불러줘서 좋았다.

당시에는 '뽕짝'이 아니라 새롭게 세련된 가요들이 젊은 가수들한테서 쏟아져 나왔다. 송창식·윤형주·조영남·김세환·펄 씨스터즈·양희은·김추자·정훈희·신중현·김민기 등이, 그 때의 활약으로 가요사(史)에 신기록을 남긴 젊고 싱

싱한 가수들이었다. 특히 신중현과 김민기는 노래보다 작곡에 열정을 쏟아, 새롭고 창의적인 노래를 많이 생산해 냈다.

그런 절차를 거쳐 드디어 우리 문학동인회의 첫 번째 모임이 이루어졌다. 첫 번째 모임이라 10명 전원이 다 모였다. 그래서 우선 동인회의 명칭부터 정했다. 여러 가지 안(案)이 나와 토론을 벌인 끝에 동인회 이름을 '날자'로 하기로 합의를 보았다. 말하자면 이상(李箱)의 소설 『날개』의 끝머리 부분에서 따온 명칭이었다. 그때 우리 문학청년들은, 내용과 표현이 난해하여 제대로 이해하지도 못하면서 무조건 이상의 문학을 우러러 떠받들고 있었다.

그 다음엔 모이는 횟수(回數)와 날짜를 정했는데, 우선 매주 금요일 여섯 시에 모이기로 하였다. 멤버 전원이 다 참석하지 못하더라도, 서너 명씩이라도 들러 문학 얘기나 잡담을 늘어놓자는 의도에서였다. 말하자면 '가을' 카페를 우리의 '아지트'로 삼은 셈이다.

또 일 년에 두 차례 동인지도 내보기로 했다. 시가 됐든 소설이 됐든 수필이 됐든, 장르에 구애받지 않고 뭐든지 써서 발표하기로 한 것이다.

회원 중에는 시를 지망하는 학생이 압도적으로 많았다. 나도 시인 지망생이었다. 시가 소설보다 글쓰기에 노동이 덜 들

어가는 장르이기도 했지만, 왠지 시가 소설보다 고품격(高品格)으로 느껴지기 때문이기도 했다. 통속소설이라는 명칭은 있지만 통속시라는 명칭은 없듯이, 그때 우리는 시를 소설보다 훨씬 더 순수한 문학 장르로 보고 있었다. 시인의 숫자가 지금(2013년)에 비해 아주 적었기 때문이기도 했다.

이런 얘기들은 다 내가 그날 모임에서 있었던 공식적인 토의사항을 의례적으로 적어 놓은 것이다. 나에게, 아니 우리 Y대생 다섯 명에게 더 중요했던 것은 E여대생 다섯 명의 '외모'였다. 여학생들이 과연 중상급(中上級) 이상의 용모를 가지고 있는가, 하는 문제가 가장 중요한 관심의 대상이었던 것이다.

그런 점에서 볼 때 원규의 공적은 지대(至大)하였다. 그가 점찍은 여학생이 상당한 수준의 용모를 갖고 있었고, 다른 네 명의 여학생들 역시 중상(中上) 이상의 외모였기 때문이었다.

우리 남학생 다섯 명은 E여대가 Y대보다 역시 여학생들의 '물'이 좋구나, 하고 생각했다. 외모도 그랬지만 차려입은 옷이나 헤어스타일, 그리고 화장 등이 Y대 여학생들보다 한결 화사하고 고급스러웠기 때문이다. Y대 여학생들은 대개 선머슴아처럼 아무렇게나 차려입고서, 화장 안 한 민얼굴로 다니는 게 보통이었다.

2
경탄

경탄

앞에서 한 이야기들은 사실 군더더기로 한 얘기들이다. 나는 동인회 회원들이 함께 이것저것 토의하는 것에는 별로 관심이 가지 않았다. 왜냐하면 내가 '가을' 카페에 들어서서 회원들이 앉아 있는 좌석 쪽으로 점점 더 가까이 다가서는 순간부터, 한 여자 회원의 외모에 '휙' 하게 눈길이 가면서 정신을 차릴 수 없었기 때문이었다. E여대 학생일 것이 분명한 한 여자가, 국문학과 여대생치고는 너무나 휘황하게 아름다워 나는 '아찔'한 느낌을 가졌다. 국문학과 여대생들은 어느 학교든 간에 대개 수수한 얼굴을 가졌기 때문이다.

그리고 내가 자리를 잡고서(하필이면 그녀의 맞은편 자리였다) 앉아 조심스럽게 그녀의 얼굴을 살펴보자, 나는 염통이 벌렁벌렁 뛰면서 이루 형언할 수 없는 비상(非常)한 충격을 받았다.

정말로…… 정말로…… 미인이었다! 매력적인 얼굴이거나 관능적인 얼굴이 아니라 글자 그대로 '미인' 그 자체였던 것이다.

그녀는 우선 피부부터가 남달랐다. 처음 그녀의 얼굴을 일별(一瞥)했던 순간, 나는 그녀의 얼굴이 온통 하얀 분가루로 뒤덮여 있는 것처럼 보여 속으로 이런 생각을 했었다. '어린 나이에 벌써부터 화장을 많이도 했구나'하고 말이다. 내가 그렇게 생각할 만큼 그녀의 얼굴은 하얀색 파운데이션을 두껍게 바르고 그 위에 다시금 곱게 분가루를 먹인 것처럼 보였다.

그러나 그녀의 얼굴을 자세히 들여다보니, 나는 그녀의 얼굴에 아무것도 발라져 있지 않다는 것을 알 수 있었다. 먼발치에서 그녀를 봤을 때 그녀의 얼굴이 온통 분가루로 뒤덮인 것처럼 보였던 것은 단지 얼굴 피부 색깔 때문만은 아니었다. 그녀의 까만 눈썹과 빨간 입술이 너무나 선명하게 내 눈에 들어와, 모델처럼 진하게 화장한 얼굴이 틀림없다는 순간적 확신을 갖게 만들었던 것이다.

그런데 드디어 내가 그녀의 맞은편 의자에 자리를 잡고

앉자, 나는 그녀를 처음 보자마자 느꼈던 놀라움보다도 더 큰 놀라움을 느끼지 않을 수 없었다. 그녀는 파운데이션뿐만 아니라 립스틱도, 눈썹먹도 칠하지 않고 있는 게 분명했다. 그녀는 정말로 '전혀' 화장을 안 하고 있었던 것이다.

　지금까지도 나는 그녀의 얼굴만큼 예쁘게 생긴 여자를 만나보지 못했다. 입술에 립스틱을 안 칠해도 마치 진하게 립스틱을 바른 것처럼 선명한 붉은 빛이 돌고, 눈썹에 아무것도 칠하지 않고 다듬지 않았는데도 눈썹 모양이나 색깔이 꼭 그림을 그려놓은 것처럼 또렷한 여자……. 게다가 그 눈썹 밑

에는 칠흑같이 검은 눈동자가 커다란 눈망울 속에서 초롱초롱 빛나고 있다……. 그녀는 정말 말로만 듣던 진정 '그림 같은' 미인이었다.

그녀의 얼굴 피부색깔을 뭐라고 표현해야 할까……. 흔하디흔한 비유대로 우윳빛이라고 표현할 수밖에 없겠다. 마치 어린아이의 피부처럼 야들야들하고 속이 비쳐보이리만치 투명했다. 또 코도 오뚝했고 얼굴도 달걀형이었다. 그리고 앉은키로만 봐도 몸매가 헌칠했다.

나는 그녀의 코에 주목했다. 서양 사람의 코처럼 보기 흉하게 높이 솟아 있지도 않고 그렇다고 동양인의 코처럼 넙데데하지도 않다. 그러나 한국 여자의 코치고는 확실히 높은 편이다. 코끝이 알맞은 높이로 솟아 있으면서도 지나치게 뾰족하지 않고, 동그랗게 곡선을 이루고 있어 표독한 느낌을 주지 않았다. 그녀의 코는 아주 약간 들창코인 것 같았는데 콧구멍이 보일락말락하게 살짝 위로 쳐들린 것이 오히려 더 매력적이었다. 약간 앞으로 귀엽게 뻐드러진 앞니 때문에(아랫니보다 윗니가 약간 더 앞으로 튀어나와 있다) 가만히 입을 다물고 있어도 언제나 윗입술이 귀엽게 들떠있는 입매가, 약간 쳐들린 코 모양과 더불어 독특한 조화를 이루고 있다.

콧방울의 넓이는 동양 여자들의 평균치보다 좁고, 특히 콧구멍의 모양이 동그란 원형이나 옆으로 벌어진 타원형이 아니라 곧추세워진 얄팍한 타원형 모양이어서, 그녀의 코를 더욱 날씬해 보이도록 만들어주고 있었다. 어쩌다 말을 할 때 그녀의 목소리에는 마치 프랑스 말에서처럼 두성(頭聲) 섞인 콧소리가 앙증맞게 끼어들었는데, 그때마다 그녀의 콧구멍이 아주 살짝 보일락말락하게 발랑거리는 것이, 그녀의 아름다움에 요정같이 깜찍한 매력을 더해주고 있었다.

그 다음부터 나는 회원들이 뭐라고 떠들어대는지 통 알아들을 수가 없었다. 온 정신이 그녀한테로만 집중돼 있었기 때문이었다.

잠시 숨을 돌리고서 회원들이 얘기하는 소리들을 들어보니, '그녀'가 말을 별로 안 하고 있는 것이 눈에 들어왔다. 그렇다고 고개를 내리숙이고 있는 것도 아니었다. 그저 무심한 눈길로 앞에 앉아 있는 나를 비롯한 남자 회원 두세 명을 바라보고 있을 뿐이었다. 그럴 때의 그녀는 전형적인 백치(白痴) 미녀처럼도 보였다. 그러나 얼굴 전체에서 풍기는 인상은 '백치 미녀'라기 보다는 '순수 미녀'쪽에 더 가까웠다.

남녀 회원들 간에 통성명을 하는 시간에만은 내가 겨우 맨 정신으로 돌아올 수가 있었다.

그녀의 차례가 되자 나는 그녀의 이름이 과연 그녀의 용모에 걸맞은 이름일까, 하는 생각을 가졌다. 그런데 신통방통하게도 그녀는 자신의 외모에 걸맞은 이름을 갖고 있었다. 성은 이 씨이고 이름은 '다미'였다. 나는 '다미'의 한자 표기가 분명히 '多美'일 것이라고 내심 중얼거렸다. 그만큼 그녀는 '아름다움'을 '많이' 갖고 있었던 것이다.

카페에서의 공식적인 모임이 끝난 후, 우리는 뒤풀이를 하러 근처에 있는 막걸리집으로 갔다. 저녁식사 때가 지나 배가 출출하여 술과 안주로 뱃속을 채우기 위해서였다. 막걸리는 사실 '녹말 죽' 같은 것이어서 안주를 안 먹더라도 그 자체만으로 영양보충을 할 수 있는, 우리 같이 돈 없는 대학생들한테는 고마운 술이었다.

그래서 그때 대학생들은 소주보다 막걸리를 더 마셨다. 맥주는 이따금이나 마실 수 있는 고급 술이요, 사치스런 술이었다.

우리가 두부를 안주로 막걸리를 마실 때 남학생 친구들의 얼굴을 보니 나만이 아니라 다들 다미한테로 시선을 집중하고 있었다. 다른 여학생들한테 미안한 생각이 들 정도였다. 나는 마음속으로, 만약 내가 다미에게 구애(求愛)의 대포를 쏘아대기 시작한다면 라이벌이 너무나 많아 힘들 것 같다는 생각을 했다.

어수선한 잡담들이 오가다가 슬슬 노래가 나오기 시작했다. 당시에는 술집에서 대학생들이 큰 소리로 노래를 해도 술집 주인이나 곁의 손님들이 전혀 제지를 안 하는 것이 풍속처럼 굳어 있었다.

우리 Y대 국문학과 남학생들은 먼저 단골로 자주 부르는 노래를 합창했는데, E여대와 Y대의 숙명적(?) 인연을 애달프게(?) 읊어대는 노래였다. 당시 인기 절정에 있었던 여가수 이미자 씨의 노래 <섬마을 선생님>의 곡조에다가 가사만 살짝 바꿔가지고 부르는 유치찬란한 노래였다.

배꽃이 피고지는 이화 마을에
철새처럼 찾아온 연세대학생
열아홉 살 이대생이 순정을 바쳐
사랑한 그 사람은 연세대학생
숙대엘랑 가지를 마오, 가지를 마오.

요새는 Y대에도 여학생이 50% 정도가 되어 E여대생을 미치도록 흠모하거나 사모하지 않는다. 그렇지만 내가 Y대에 다닐 때는 여학생 숫자가 전교생의 20% 정도여서, 'E여대' 소리만 나오면 공연히 가슴이 두근거렸던 것이다.

다미를 멍하니 바라볼수록 나는 왠지 겁이 났다. 고교 1학년 때 교외(校外) 혼성 동아리에서 만난 C라는 여자를 꼬드길 때 생각이 났기 때문이었다.

그녀는 내가 무지 고생하며 프러포즈한 끝에 결국 내 애인이 되어주어 대학교에 들어간 뒤에까지 인연이 이어지고 있었는데, 한 여자를 붙박이 애인으로 삼는다는 것이 굉장히 힘들고 고달픈 노역(勞役)이라는 것을 내가 뼈저리게 절감했기 때문이다. 또한 그녀를 4년이 넘도록 섹스 파트너로서의 애인으로 삼고 있었는지라 괜히 양심이 찔려오는 것을 어쩔 수 없었다.

나는 마음속에서 사랑의 불덩어리가 활화산처럼 솟구쳐 오르는 것을 느끼면서, 될 수 있는 대로 다미에게 시선을 주지 않으려고 애썼다. 하지만 내가 애인이 있든 없든, 그리고 다미가 애인이 있는 여자든 애인이 없는 여자든, 한번 심장에 꽂혀버린 큐비드의 화살을 빼낼 수는 도저히 없었다.

문득 격심한 피로감이 몰려오는 것을 자각하면서, 나는 무심중에 마음속으로 이런 시를 읊조리고 있었다. 제목을 붙인다면 「첫눈에 반할 때」쯤 될 것이다.

그녀를 처음 만나는 순간
술 마신 뒤의 나른함 같은 기분을 느꼈다
5분 후

온몸이 저릿저릿해졌다
(소름 돋음)
약간 흥분된 상태

"나는 그대의 장난감이 될래"
"나는 그대의 강아지도 될래"
수없이 마음속으로 다짐해보았지만
결국 나중에는

그만 피곤해졌다
꼭 한바탕 섹스 후의 달짝지근하면서도
괴로운 권태와도 같은
귀찮은 피곤함이 엄습해 왔다

열정적인 흥분과 힘겨운 외면(外面) 사이에서, 나는 그날 저녁 시간부터 술을 다 마시고 각자 헤어질 때까지 괴로운 상사병(相思病)의 와중에서 허덕거렸다.

오랜 기간 살까지 섞으면서 나누어온 C와의 애정이 와르르 무너지는 어이없는 순간이었다. 나는 새삼 진짜 사랑은 '관능적 욕구'에 있는 것이 아니라 '유미적(唯美的) 경탄'에 있다는 사실을 확인했다.

그때 나는 관능주의자 겸 유미주의자였다. 그래서 정치가 어떻게 돌아가고 있는지에 대해서는 전혀 관심이 없었고, 이데올로기에 대해서도 관심이 없었다. 오로지 '사랑'의 실체가 무엇인지에 대해서만 관심이 있었다.

나는 대학에 입학하기 전까지 그 감옥같이 폐쇄된 중고등학교를 다니면서, 어서 형기(刑期)가 끝나기만을 기다리는 죄수와도 같은 심정을 가졌었다. 오직 '사랑 욕구를 참는 인내력 배양'에만 교육 목표를 두고 있는 감옥의 철창 속 같은 중·고교 시절은, 나에게 있어서는 그야말로 '지옥'이었다.

교외(校外) 혼성 동아리에서 활동을 하면서 가끔씩 여자애들을 만나볼 수는 있었지만, 군인이나 죄수처럼 머리털을 박박 깎이고 군복 같은 교복에 갇혀 6년을 허비하면서, 내 사춘기의 열정은 매일같이 큰 소리로 뼈아픈 비명을 질러대야 했다.

그렇게 고달픈 시절에 만나게 된 C라는 여인은 그야말로 구원의 여신이었다. 그런데 다미를 보고서 첫눈에 반하는 순간, 나는 그토록 오랜 기간 동안 정(情)을 나눠왔던 C와의 인연이 졸지에 와르르 무너져 내리는 것을 느꼈다.

그래서 시인 지망생이었던 나는, 다미를 만나고서 집에 돌아와 흥분으로 잠을 못 이루면서 다음과 같은 시를 단숨에 내리 갈기듯 써내려갈 수 있었다.

　습작이라도 시의 제목을 붙여두는 게 내 습관이라서, 나는
이 시의 제목을 일단 「사랑은 언제나 슬프게 끝나요」로 정했
다.

　사랑의 핵심은 언제나
　'유미적(唯美的) 경탄'에 있어요.

　아무리 '제눈에 안경'이라고는 하지만,
　먼저 만나던 애인보다 객관적으로 볼 때
　훨씬 더 아름답게 생긴 이성을 만나게 되면,

　과거의 사랑은 그 '사랑의 기간'이
　아무리 오래 됐다 하더라도
　(또 그래서 정이 쌓일 대로 쌓였다 하더라도)
　금세 눈 녹듯 사라져 버리고 맙니다.

　이것이 바로 모든 사랑을 결국
　허망한 '신기루 좇기'로 만들어 버리는 원인이지요.

　사랑의 목적은 섹스가 아니라

끊임없이 다른 이성들과 애인을 비교 분석하며
탐미적 경탄에 따른 만족감을 갖고서,
사랑하는 사람을 남들에게 자랑하고 싶어하는 것입니다.

그래서 더 아름다운 대상을 만나게 되면
그때까지의 사랑은 늘 슬프게 끝나게 되는 거구요.

3
귀부인 콤플렉스

귀부인 콤플렉스

그날 밤, 나는 다미 생각에 잠을 이룰 수 없어 혼자서 홀짝홀짝 소주를 마셨다. 그러고는 내 머릿속에 각인돼 있는 다미의 이미지를 더 선명하게 반추해보려고 애썼다.

은근한 취기와 함께 다미의 얼굴이 내 머릿속에 또렷한 이미지로 떠올라왔다. 그녀는 이집트식 단발머리, 소위 클레오파트라 머리라고 불리는 헤어스타일을 하고 있었다. 앞머리를 눈썹 언저리까지 덮도록 내리고 곧게 뻗어 내린 옆머리로 얼굴 좌우의 뺨을 가린 형태였는데, 칠흑같이 검은 머리 빛깔이 무척이나 강한 인상을 주었다. 스트레이트파마라는 걸 했는지 안 했는지 모르겠으나, 비단결같이 고운 머리카락이 턱

정도까지 내려와 있었다.

화장을 전혀 안 했는데도 너무나 황홀하게 아름다웠다는 사실이 나로서는 너무나 큰 충격이었다. 얼굴의 피부색이 아주 고운 순백색이어서 나는 투명한 대리석 같다고 느꼈는데, 그래서 그런지 진홍색 입술이 더욱 도드라져 보였던 것 같았다. 귀에는 귀걸이를 달지 않았고 목에도 목걸이를 두르지 않아, 그녀의 상큼한 얼굴 윤곽과 가녀린 목선을 더욱 돋보이게 만들어주고 있었다. 오뚝한 콧날과 기다란 속눈썹이 흡사 한국인과 서양인 사이에서 태어난 혼혈아 같은 느낌을 주었다.

눈이 얼마나 컸는지는 잘 모르겠다. 그녀는 계속 눈을 아래로 내려 깔거나 정면을 쳐다보더라도 눈동자에 전혀 힘이 들어가 있지 않았으니까. 하지만 카페에서 그녀를 처음 봤을 때 내 머릿속 스크린에 생생하게 투영됐던, 감은 듯 만 듯 게슴츠레 열려 있던 그녀의 눈동자가 아직도 내 가슴을 비수처럼 할퀴며 지나가고 있었다. 꿈꾸듯 몽롱한 빛을 뿜어내던 그녀의 눈초리엔 퇴폐적이면서도 애잔한 우수의 그림자가 드리워져 있었기 때문이다.

그녀의 손가락은 내 손가락만큼이나 길었고, 연필같이 갸름한 손가락에 달린 손톱들을 한 1센티미터쯤 기르고 있었는데, 매니큐어를 칠하지 않는 손톱이 무척이나 깔끔하고 정갈한 인상을 주었다.

그녀가 입고 있던 옷은…… 어깨에 패드를 넣어 헐렁하고 풍성한 느낌을 주는, 발목까지 내려오는 카키색 스프링 코트였다. 목선을 깊게 파고 단추가 없이 만들어져 허리띠로 묶도록 되어 있었는데, 허리띠가 풀어져 있어 안에 입은 옷이 그대로 드러나 보였다. 그녀는 코트 속에 베이지색 실크 블라우스를 입고 있었다. 아래엔 빨간색 미니스커트를 입고 있었기 때문에, 맥시 코트의 열려진 틈 사이로 미끈하게 뻗어 내린 다리가 선명하게 드러나고 있었다.

그녀가 신고 있던 구두는…… 아마 꽤 높은 굽의 하이힐이었던 것 같다. 흔히 볼 수 있는 가죽으로 만들어진 구두가 아니라 분홍색 공단으로 만들어진 펌프스 스타일의 하이힐이어서 유달리 깊은 인상을 받았던 기억이 났다.

한마디로 말해서 그녀한테서는 '귀티'가 났고, 그녀는 '귀족' 신분임에 틀림없었다. 천민 출신인 나로서는 '민중적 적개심'이 아니라 '마조히스틱한 숭배심'의 대상이 되는, 정말로 부티 나는 여대생이었던 것이다.

그녀한테서는 '성욕'이 전혀 느껴지지 않았다. 지극히 아름다운 국보급 도자기를 조심스레 바라보는 듯한 마음만 느껴졌다. 내가 조금만 손으로 잘못 건드려도 그 도자기는 깨져버리고 말 것이다. 나는 새삼 내가 뼈에 사무치도록 열렬한 유미주의자라는 사실을 재확인하였다.

중학교 시절까지, 우리 식구들이 살고 있는 집이 너무 좁아서 나는 외할머니와 한 방을 같이 써야만 했는데, 그 방 역시 지독하게 작아 내가 다리를 쭉 뻗고 잠을 잘 수 없을 정도였다. 그래서 나는 새우처럼 어깨를 움츠린 채 다리를 구부리고서 잠을 잘 수밖에 없었다. 그런데도 내 방 한구석에 놓여 있는 작은 앉은뱅이책상 바로 윗벽에다가 내가 외국 잡지에서 오려낸 화려하게 귀티 나는 여자의 사진을 붙여놓았다. 그런데도 외할머니는 나를 이상하게 보거나 야단치지 않으셨고 어머니 역시 마찬가지였다. 말하자면 나는 현실과는 완전히 별개로 분리된 상상 속에서 질탕한 호사와 귀족적인 아름다움을 즐기면서, 그것만 가지고서도 충분히 배가 부를 수 있었던 셈이다.

『장자(莊子)』라는 책을 보면 이런 얘기가 나온다. 어떤 왕이 하나 있는데, 그는 낮에 깨어 있을 때는 왕 노릇을 하지만 밤에 잠을 잘 때는 꿈속에서 항상 거지가 된다. 그런데 그 나라에 살고 있는 어떤 거지는, 왕과는 반대로 깨어 있을 때는 거지지만 밤마다 꿈속에서는 언제나 왕이 된다. 이런 비유를 들고 나서 장자는, 두 사람의 삶은 결국 다 마찬가지가 아니냐, 왕과 거지의 근본적인 차이가 과연 무엇이냐, 하는 식으로 읽는 이들에게 짓궂은 질문을 던지고 있다. 은연중에 나도 장자와 비슷한 생각을 가지고 있었던 것 같다.

　나는 어렸을 때부터 '밤'과 '낮'을 분리하여 생각하고 그 생각을 실제로 생활 속에 적용시키는 것에도 아주 익숙해 있었다. 밤에는, 또는 깨어 있을 때의 백일몽 속에서는, 난 언제나 화사한 귀부인을 품에 안고 있는 왕이나 귀족이나 부자가 된다. 그 여자는 대개 미칠 듯이 귀티 나는 사치를 좋아하고, 또 자기 머리카락 위에 엄청나게 큰 뭉게구름 같은 가발(물론 가난한 천민 여자가 먹고 살기 위해 울면서 자기 머리칼을 잘라서 판 걸로 만든)을 얹어놓아 머리를 봉긋하게 부풀리고 있다. 그 귀부인은 손 하나 까딱할 필요가 없는 부자 귀족 부인이나 귀족의 딸이라서, 노동할 필요가 전혀 없기 때문에 마치 시체처럼(또는 잠자는 숲속의 미녀처럼) 가만히 고형된

물체같이 정지된 자세로 게으름과 나태를 즐길 수 있다. 모든 지저분한 일상적(日常的) 노동은 일일이 시녀들이 해주기 때문이다(가끔씩 내가 시녀가 되는 적도 있었다).

현실 속에서의 내가 너무도 초라하게 느껴져서 그랬는지는 모르지만, 나는 내가 몸이 한가하여 손톱을 길게 기를 수 있는 서양의 18세기 식(式) 부자 귀족이 되는 상상을 해본 적이 거의 없다. 다만 내 곁에 있는 애인 여자만이 지독하게 나태했고 병적(病的)일 만큼 낭비광(浪費狂)이었고 편집광적(偏執狂的)으로 우아한 명품 옷과 구두 등을 좋아했다.

내가 하필이면 왜 귀티 나는 여자의 우아함에만 특별히 집착했을까? 그 이유를 나는 도저히 알 길이 없다. 내 주변에 귀족 같은 여자가 여기저기 널려 있는 것도 아니었고, 동화책에서조차 공주나 왕비 또는 귀부인의 그림을 자주 볼 수 있었던 것도 아니다. 나는 『아라비안나이트』를 초등학교 때 좋아했는데, 거기에도 화장을 전혀 안 하고도 우아하고 귀티 나게 아름다운 여자의 묘사는 없었다. 모두들 극채색의 진한 화장을 하고 있었다. 그것이 지금까지도 풀리지 않는 수수께끼이다.

물론 중학교 때쯤부터는 외국 영화나 잡지를 통해서 귀티 나는 아름다움을 가진 여자를 보기도 했다. 그러나 초등학교 때부터 난 벌써 귀부인에 미쳐 있었던 것이다. 지금 생각해

보니, 내가 혹시 전생(前生)에서 손톱을 길게 기른 서양이나 중국의 귀족이었거나 여자였는지도 모른다는 생각조차 든다. 아무튼 이제까지 나는 줄곧 낮에는 여전히 소심하고 우울한 낭만주의자요, 모범적인 소시민이요, 인정 많은 효자(孝子)였다. 그러한 낮과 밤의 괴리가 나에겐 하나도 이상할 게 없었다.

황제망상이 지나치다 보면 진짜 정신분열증으로 발전하기까지 한다는데, 그것은 내게 해당사항이 아니었다(황제망상은 다만 배경 역할만 하고 나는 '귀부인 망상'에만 빠져 있었기 때문에 미치는 정도까지 안 갔는지도 모른다). 밤마다 꿈속에서 또는 대낮의 몽상 속에서, 나는 사무치게 우아한 귀족 부인 또는 귀족의 딸이 되거나, 기품 있는 사치와 로맨스를 즐기는 귀족이 되고, 그리고 또 성스러우리만치 품위 있는 얼굴을 가진 애인을 거느릴 수 있었기 때문에, 오히려 나는 낮의 활동에 있어 보다 덤덤하고 건전하고 민중적인 자세로 임할 수 있었던 것은 아니었을까.

이러한 '낮과 밤의 자연스러운 분리'가 이젠 나이든 나에게는 완전히 체질화되다시피 한 것 같다. 그런데 대부분의 보통 사람들은, 특히 문학을 한다는 사람들 가운데 건방진 리얼리스트들은, 낮과 밤이 분리되는 생활을 욕하거나 매도하곤

한다. 내가 시나 소설에다가 귀족 여자를 묘사해 놓으면 그들은 대번에 분노를 표시하면서, 아니 그토록 사치스런 복장으로 어떻게 일을 할 수 있느냐, 노동하는 여자의 고달픈 삶은 왜 안 묘사하느냐고 하면서 욕을 했다. 하지만 나는 그들의 말이 잘 이해가 되지 않았다. 꿈속에서 몽상할 수 있는 내용 가운데도 역시 리얼리티는 있게 마련 아닌가. 리얼리즘의 묘사 대상이 굳이 '낮'에만 한정되어 있어야 한다는 것은 뭔가 아귀가 잘 들어맞지 않는 설명이랄 수밖에 없다.

하지만 나는 꿈과 현실의 괴리를 너무나 당연한 것으로 인정해 왔던 나머지, 꿈이 현실로 되어버릴 수도 있다는 가능성에 대해서는 마음의 문을 닫아버리고 있었는지도 모른다. 또 실제로 나는 귀족적인 생활을 하는 부자 친구와 사귈 기회도 별로 없었고, 또 내가 몽상 속에서 늘 만나곤 하는 그런 화사한 모습을 가진 여인들을 현실에서 직접 만나볼 수 있는 기회가 거의 없었던 것이 사실이다. 매일같이 학교 울타리 안에만 갇혀서 지내다 보니(그것도 문과대학 학생이나 선생이다 보니 주변의 인물들이 다 나와 비슷한 처지의 가난한 서생들뿐이라 놔서) 부자 친구나 화사하게 우아한 여인들— 이를테면 재벌의 딸이라든가 권력자의 딸 같은— 을 만날 기회가 없었다.

나는 중학교에 다닐 때부터 귀족의 딸과 친해지고 싶다는 생각을 늘 마음속에 품고 있었다. 그녀들은 권력도 있고 돈도 많은 여인이거나, 공주나 귀족부인처럼 항상 부티 나게 차려 입고 우아한 얼굴을 가진 여자들일 것이기 때문이었다.

그러나 그런 여자를 사귈 기회도 없었지만 또 사귄다고 하더라도 역시 상당한 돈이 필요할 것 같아, 나는 아쉽지만 입맛을 쩍쩍 다셔가며 단념하는 수밖에 없었다. 일찍이 주제파악을 제대로 한 셈이었다. 돈이 없으면 우람한 체격이라도 가지고 있어야 그런 여자들을 꼬드길 수 있을 터인데, 체격이나 정력 면에서도 나는 낙제점이라고 생각되어 엄두를 못 내고 있었다. 하지만 뭐 그렇게 땅을 치고 억울해할 것까진 없

었다. 내 상상 속의 여인들만큼 끔찍하게 우아한 외양을 가진 여자가 실제로는 절대 없을 것이라는 생각으로 나는 위안 받을 수 있었기 때문이다.

그런데 그런 내게 기적 같은 일이 일어난 것이다. 바로 그런 귀티 나고 부티 나고 우아하게 아름다운 여대생인 다미를 만난 것이다. 나에게는 그야말로 청천벽력같이 유미적(唯美的)인 충격이었다.

대학 1학년 때 <철학개론> 시간에 배운 바로는, 철학자들은 보통 사랑의 형태를 세 가지로 구분하고 있었다. 첫째는 '에로스(Eros)'이고 둘째는 '필리아(Philia)' 그리고 셋째가 '아가페(Agape)'이다.

에로스는 감각적이고 본능적인 사랑을 가리키는 말이고 필리아는 정신적이고 인격적인 사랑, 더 쉽게 표현하여 '우애적(友愛的)인 사랑'을 가리키는 말이다. 그리고 아가페는 성스럽고 은총에 가득 찬 사랑을 가리킨다.

에로스에 대해서 가장 먼저 언급한 사람은 그리스의 플라톤이었다. 그는 에로스를 '인간의 마음속에서 홀연히 정열적인 모습으로 나타나 불가항력적으로 인간을 엄습하는 본능적 사랑'으로 정의하고 있다. 이 경우 에로스적 정열의 주된 대상은 '아름다움'이기 때문에 에로스적 사랑이 꼭 남녀 사이에만 해당되는 것은 아니다. 플라톤은 성숙한 남자와 젊은 청년 사이, 스승과 제자 사이의 정신적 일체감에서부터 남자끼리 육체적 애정 표현을 추구하는 이른바 남색(男色)까지도 다 에로스 안에 포함시키고 있다.

그러므로 '에로스'라는 말이 지니는 원래의 뜻은, 요즘 쓰이는 것처럼 '성애적 사랑'만을 가리키는 것이 아니라 '정신적 사랑'까지도 포함한다. 다만 에로스가 정신적 사랑으로까지 승화될 수 있는 근거가 '육체적 아름다움'에 있다는 점이 다를 뿐이다. 인간 육신의 아름다움이 지식과 덕(德)의 아름다움으로 발전할 수 있고, 그것은 더 나아가 영혼의 아름다움으로까지 승화될 수 있다는 것이 플라톤을 위시한 고대 그리스 철학자들의 공통된 생각이었다.

'필리아'라는 말은 그리스어 '필로스(Philos)'에서 나왔다. 필로스는 친구라는 뜻이므로 필리아는 '우애'를 가리킨다고 볼 수 있다. 그러나 필리아는 좁은 의미에서의 우정보다는 보다 더 넓은 의미에서의 우정을 가리키는데, 즉 우리가 감각만으로는 감지해낼 수 없는 정신적이고 인격적인 사랑이다.

필리아는 짐승들에게서는 찾아볼 수 없고 오직 인간의 '인격' 안에서만 계발될 수 있는 사랑이라고 한다. 그러므로 필리아는 단순한 동성끼리의 우정만을 가리키는 것이 아니라, 부모와 자식간 그리고 형제간에 느낄 수 있는 가족애, 부부간에 존재하는 부부애 등을 아울러 포함하고 있다.

아가페는 주로 종교적인 의미로 사용되는데 신(神)이 인간에게 베풀어 주는 한없는 은총을 의미한다. 인간 사이에서 아가페적 사랑이 가능하다면, 그것은 '무조건 주는 사랑'이거나 '헌신적인 사랑' 정도의 의미가 될 것이다.

우리는 지금까지 이 세 가지 형태의 사랑이 한데 융합되는 것이 가장 바람직한 사랑이라고 배워왔다. 부부애의 경우를 예를 든다면, 에로스적 정열에 바탕한 성애가 이루어지면서 그 위에 필리아적 우애가 곁들여져야 하고, 더 나아가서는 아가페적 헌신으로까지 승화되어야 한다는 식이다.

그렇지만 에로스가 지닌 원래의 뜻을 우리가 다시 한 번 재음미해 본다면, 에로스 안에 이미 필리아나 아가페적인 요소가 함께 포함되어 있다는 것을 알 수 있을 것이다. 즉, 육체적 아름다움에 바탕한 '미적(美的) 숭경(崇敬)'이 바로 동성간이든 이성간이든, 그리고 신과 인간의 사이에서든 다 똑같이 적용되는 사랑의 본질인 셈이다.

아가페적 사랑이 아무리 숭고하고 정신적인 차원의 사랑이라고 하더라도, 우리는 종교예술을 통해서 아가페 안에 내포된 '미적(美的) 요소'를 많이 발견하게 된다. 불교에서는 관세음보살상을 지극히 화려하게 치장한 여인의 모습으로 만들고 있으며, 기독교에서는 성모 마리아의 초상이나 예수 그리스도의 초상을 될 수 있는 한 아름답게 그려내려고 애쓰고 있다. 그러므로 우리가 외로울 때 절이나 교회에 나가서 마음의 위안을 받게 되는 것은, 아가페적 사랑 그 자체 만으로써가 아니라 에로스적 사랑이 더불어 충족되기 때문이라고 볼 수 있다.

교회에 젊은 여자들이 많이 나가는 것은 역시 이성으로서의 예수가 '아름답게' 느껴지기 때문일 것이다. 예수는 서른세 살에 죽었기 때문에 '영원히 늙지 않는 미남 청년'의 이미지로 다가온다. 절 역시 마찬가지다. 석가모니는 여든 살에 죽었지만 석굴암을 비롯한 곳곳의 부처님상은 가장 건강하고 원숙한 육체미를 보여주고 있다.

필리아 역시 마찬가지이다. 어찌 보면 필리아는 에로스의 한 형태에 지나지 않는다. 이른바 '플라토닉 러브'라는 것이 정신적 우애에 바탕을 둔 아름다운 미소년과의 동성애적 감정을 가리키는 것이라고 볼 때, 필리아 자체가 따로 독립해서 존재한다고 볼 수 없는 것이다. 아무리 부모자식간이나 형제간이라고 해도, 언제나 사랑의 바탕이 되는 것은 '육체적 아름다움'일 수밖에 없다.

고교시절에 내가 감명 깊게 읽은 우리나라 단편소설 가운데 황순원의 『별』이 있다. 『별』은 다른 소설가들이 별로 다루지 않고 기피하는 '인간의 외모' 문제를 주제로 삼고 있었다. 『별』에 나오는 주인공 소년은 어머니가 일찍 돌아가셨는데, 늘 자기 어머니가 매우 아름다웠을 것이라고 상상하면서 외로움을 달랜다. 그리고 어머니는 아름다운 분이기 때문에 반드시 하늘의 별이 되었을 거라고 믿는 것이다.

그런데 그 소년의 누나는 안타깝게도 아주 못생긴 얼굴을 가졌다. 동네사람들이 자기 누나의 얼굴이 죽은 엄마를 쏙 빼닮았다고 말하는 것을 듣게 된 순간부터, 소년의 내적 갈등은 시작된다. 자기는 엄마가 지고(至高)의 미(美)를 가진 여인이라고 확신해 왔는데, 엄마의 얼굴이 못생긴 누나의 얼굴과 같다는 얘기를 듣게 됐으니, 배신감에 의한 심각한 고뇌의 늪에 빠져버릴 수밖에 없었던 것이다.

그래서 소년은 착한 누나를 무조건 구박하기 시작한다. 소년의 누나는 정말로 고운 마음씨를 지녔기 때문에 남동생을 끔찍이 사랑해주는데도 불구하고, 소년은 누나가 그저 죽이고 싶도록 밉기만 한 것이다.

누나는 결혼에도 실패하고 게다가 병까지 들어 이른 나이에 쓸쓸히 죽어간다. 그제서야 소년은 누나가 불쌍해져서 몇 방울의 눈물을 흘린다. 울다가 하늘을 쳐다보니 별들이 반짝거리고 있다. 소년은 착한 사람이 죽으면 하늘로 올라가 별이 된다고 믿고 있었다.

그래서 소년은 누나는 착하게 살았기 때문에 틀림없이 별이 되었을 것이라고 우선 생각해 본다. 그러나 소년은 금세 고개를 절레절레 흔들며 생각을 바꿔버리는 것이다. 아무리 누나의 마음씨가 착했다고는 하지만, 원체 얼굴이 밉게 생겼기 때문에 별이 되지는 못했을 것이라고 생각을 고쳐먹는 것이다. 그것은 돌아가신 어머니에 대한 소년의 한없는 사모의 정 때문이었다. 소년은 어머니의 얼굴이 누나의 얼굴과는 절대로 닮지 않았다고 확신하고 있었기 때문에, 아름다운 엄마 별 옆에 못생긴 누나 별이 끼어들어간다는 것이 억울하게 여겨졌던 것이다.

단편소설 『별』은 인간의 마음속에서 에로스와 필리아, 그리고 아가페가 벌이는 상호간의 갈등을 잘 그려내고 있었다. 누나와 동생간의 우애가 필리아라면, 죽은 엄마에 대해서 소년이 느끼는 숭경심 섞인 사랑은 아가페에 가깝다. 그러나 궁극적인 아름다움을 동경하고 있던 소년은, 엄마에게 보내는 사랑을 단지 아가페적 사랑으로만 한정하지 않는다. 그것만으로는 무언가 허전했기 때문이다. 그래서 그는 거기에다가 에로스적인 사랑을 보태어 엄마가 지상 최고의 미인이었다고 믿는 것이다.

이러한 아름다운 미망(迷妄)이 소년에게 가능했던 이유는, 아주 어렸을 때 어머니가 돌아가셨기 때문에 그 육체적 외모의 실체를 파악할 수 없었기 때문일 것이다. 성모 마리아나 예수 그리스도가 성스러운 아름다움을 지녔다고 믿게 되는 것도, 그분들이 이미 2천 년 전에 타계한 사람들이기 때문일 것이다.

『별』에 나오는 소년이 누나를 끝까지 미워하는 것 역시 에로스와 필리아가 결합하지 못했기 때문이었다. 만약에 소년의 어머니가 살아있었다면, 남보다 감수성이 예민한 소년은 누나에게 느끼는 애증병존의 심리를 엄마에게서도 똑같이 경험했을 것이다. 모자지간의 사랑 역시 필리아의 영역에 속하기 때문이다.

그러므로 사랑에는 에로스밖에 없고, 필리아나 아가페는 인간이 에로스적 사랑을 달성하지 못했을 때 그 대용물로 취하게 되는 자위적(自慰的) 성격의 사랑이라고 볼 수밖에 없다.

나는 밤새 잠 못 이루며 다미에 대한 '미적(美的) 흠모'에 사무쳐, 죽음보다 더 깊은 고독을 느꼈다.

4
그때 그 명동(明洞)

그때 그 명동(明洞)

다음 번 동인회 모임에 나갔을 때는, E여대생 한 명만 빼고 아홉 명이 모였다. 다행스럽게도 다미는 모임에 나와 주었다.

우리는 먼저 정했던 대로 '20세기의 전위문학'에 대한 토론을 벌였다. 각자 창작물을 써가지고 와서 서로 작품 평을 하기에는 아직 이르다고 생각하여, 우리는 우선 문학 전반에 걸친 잡담 식(式) 토론을 하기로 약속했던 터였다.

나는 사실 문학이론은 창작에 비해 가치가 별로 없다고 생각하고 있었다. 그래서 독서방향도 문학이론이나 문학평론보다는 세계문학전집이나 시집 시리즈 등에 더 중점을 두고 있었다. 그래서 나는 오직 다미에게만 힐끔힐끔 시선을 보내면서 문학 토론에는 건성건성 끼어들었다.

다미를 보니 얼굴에 화장을 전혀 안 한 것은 여전했고, 옷차림 역시 전과는 다른 옷이지만 지극히 우아하고 고급스러운 옷을 걸치고 있었다. 당시에 여대생들이 으레 당연한 듯이 달고 다녔던 귀고리조차 안 하고 있었다. 나는 다시금 '유미적 경탄'의 감정에 빠져 들면서, 점점 더 사모의 정(情)이 도타워지는 것을 느꼈다.

잡담 식 문학 토론이 끝난 후, 우리들은 이번엔 '청년문화의 본거지'인 명동으로 진출해 보기로 했다. 그리고 조금 돈이 더 들더라도 이번엔 맥주를 마시기로 하였다. 저녁 식사를 생략해도 안주로 배를 채우면 된다. 또 사실 맥주 역시 막걸리와 마찬가지로 곡주인지라, 맥주만 마셔도 대충 영양보급을 할 수 있었다. 그리고 식사로 배를 불린 다음에 마시는 맥주는 정말 맛이 없었다.

우리가 명동으로 가서 자리를 잡고 앉은 곳은 그때 첨단 음악을 생음악으로 들려주던 'OB's Cabin'이었다. 당시 최고의 전위적인 락(rock) 음악을 연주하고 노래했던 남성그룹은 '라스트 챈스'와 'He 5'였다. 두 팀 다 머리를 어깨가 덮도록 길게 기르고서 창작곡이나 외국 노래들을 들려주곤 하였다.

지금까지도 내 기억의 창고 안에 남아 있는 그들의 창작곡은 'He 5'가 부른 <말하라, 사랑이 어떻게 왔는가를>과 '라스트 챈스'가 부른 <초원의 사랑>이다.

우리는 생맥주를 1000cc짜리로 시켜 마시면서 시끄러운 음악과 현란한 '블랙 라이트' 조명 속에서 한껏 낭만적 퇴폐의 분위기를 만끽할 수 있었다.

또 발라드 가수들도 출연해 노래를 불렀는데, 그때 가장 인기 절정에 있었던 정훈희 씨나 송창식·윤형주 씨 등이었다. 나는 특히 정훈희 씨가 부른 <강 건너 등불>과 송창식·윤형주 씨가 부른 <웨딩 케익>을 좋아했다.

내가 겪은 청춘시절을 소재로 영화를 만든다면, 주된 배경 역할을 하는 곳은 아마도 서울 한복판의 명동(明洞)이 될 것이다.

내 청춘시절이라면 학부시절부터 대학원 석 · 박사과정을 다닐 때, 그리고 박사과정 재학 중 이 대학 저 대학에 시간강사로 나가던 때부터 전임강사 초기까지의 시절을 말한다. 남들은 4년이면 졸업하는 대학을, 나는 박사과정까지 합쳐 9년 동안이나 다닌 셈이다. 그래서 한결 더 낭만적인 치기(稚氣)와 열정을 가지고 꽤 길게 청춘시절을 보냈다고도 볼 수 있다.

대학원생이라고는 하지만 역시 학생 신분인 것은 마찬가지여서, 나는 학부를 졸업하고 금방 직장생활을 시작한 친구들보다는 훨씬 어리씽씽 발랄한 마음을 가지고 청춘시절을 보낼 수 있었다.

또 병역은 내가 체중미달에다 시력불량이었던 관계로 방위병으로 치를 수 있었기 때문에 군대시절의 공백이 1년밖에 없었다. 방위 근무는 대학원 석사과정을 마친 뒤 1975년에 했는데, 공교롭게도 내가 배속된 곳이 을지로 2가 예비군 중대본부였다. 그래서 나는 방위시절까지도 명동의 화사하고 낭만적인 분위기 속에서 그런대로 재미있게 시간을 때워나갈 수 있었다. 명동지역의 반 정도가 을지로 2가 중대의 관할 구역이었기 때문이다.

물론 방위복은 일반 군복에 비해 훨씬 더 구지레하고 촌스럽게 생겨 먹어서, 아는 여자를 만날 확률이 높은 명동거리를 그 옷을 입고 누비고 다닌다는 게 조금 창피하기도 했다. 그러나 금세 나는 얼굴이 두꺼워져서 아무렇지도 않게 되어버렸고, 내가 어렸을 때부터 오매불망 그리워하고 사랑해 마지않던 명동거리를 하루 종일 왔다갔다 할 수 있는 게 얼마나 좋은지 몰랐다. 저녁때가 되면 방위 동료들과 어울려 명동에서 술이라도 한잔 할 수 있다는 것 또한 유쾌하고 기분 좋은 일이었다.

명동의 황금기는 역시 1950년대 중반부터 1960년대 중반까지다. 그때는 명동이 유흥가라기보다는 예술인들의 거리로 통했다. 소설가 이봉구(李鳳九)가 쓴 『명동, 그리운 사람들』이란 책을 보면, 그 당시 명동의 낭만적인 풍물과 마음이 따사롭던 명동 사람들의 모습이 여실히 그려져 있다.

시인·소설가들이 매일같이 죽치고 앉아 전후(戰後)의 허무를 달래곤 했던 '동방(東方) 살롱', 그리고 지금은 전설적인 술집이 돼버린 '은성(銀星)', 또 유일한 클래식 다방이었던 '돌체', 공초(空超) 오상순이 매일같이 상근(常勤)하며 계속 줄담배를 피워댔다는 '청동(靑銅) 다방'…….

이런 장소들이 예술을 사랑하는 사람들이 만나 기탄없이

토론하며 훈훈한 우의를 다지고, 또 각자 빈약한 호주머니를 털어 술을 마시기도 했던 추억의 명소들이다.

대학시절의 전혜린이 언제나 까만색 옷을 입고 나타나 매일같이 이집 저집을 돌며 담배를 피우고 술을 마셨던 곳도 명동이었다. 시인 박인환이 즉석에서 창작한 <세월이 가면>이란 시를, 옆에 앉아 있던 극작가 이진섭이 즉석에서 작곡을 하고, 또 성악가 임만섭이 즉석에서 노래를 불렀던 곳도 역시 명동이었다.

나는 지금까지도 우리나라 노래 가운데 <세월이 가면>을 가장 명곡으로 본다. 그런데 유감스럽게도 오리지널 디스크를 구할 수가 없다.

임만섭이 부른 것은 물론이고 그 후에 현인이 녹음한 것도 구하기 힘들다. 아주 훨씬 뒤에 가수 현미와 박인희가 녹음한 것이 레코드 가게에 나와 있을 뿐인데, 아무래도 남자가 부른 것보다는 못한 것 같다. 임만섭 씨 노래는 들어보지 못했지만, 타계하기 전에 현인 씨가 텔레비전에 나와 불러준 <세월이 가면>은 정말 감동적이었다.

지금 그 사람 이름은 잊었지만
그 눈동자 입술은

내 가슴에 있네

바람이 불고
비가 올 때면
나는 저 유리창 밖
가로등 그늘의 밤을
잊지 못하지

사랑은 가도
옛날은 남는 것
여름날의 호숫가
가을의 공원
그 벤치 위에
나뭇잎은 떨어지고
나뭇잎은 흙이 되고
나뭇잎에 덮여서
우리들 사랑이 사라진다 해도

그 눈동자 입술은
내 가슴에 있네
내 서늘한 가슴에 있네

이 노래를 좋아하는 사람들이 아직까지 상당히 많은데도 불구하고, 정작 레코드가 드물다는 건 아이러니컬한 일이 아닐 수 없다.

하지만 이런 1950년대 식 명동의 추억은 내겐 해당사항이 못 되었고, 내가 거닐었던 명동은 이미 돌체 다방도 은성 술집도 사라진 뒤의 명동이었다.

그 대신 멋쟁이 연극인들이 모여서 간단한 연극 공연도 하고 손님들한테 차를 팔기도 했던 '카페 떼아뜨르'와, 대학생들이 주 고객이었던 '캠퍼스 카페', 역시 대학생 전용이었던 'OB's Cabin'과 '학사주점'과 '카이자호프' 같은 곳들이 내 추억 속에 애틋한 이미지로 자리잡고 있다.

내가 열아홉 살 되던 해는 1970년이어서, 그때부터 벌써 명동엔 예술인들의 발길이 뜸해지고 있었다. 다른 곳으로 몰려갔다는 얘기가 아니라, 1950년대나 1960년대보다는 예술가들의 생활 형편이 나아져 각자 직장을 갖기도 하고 또 집에서 집필을 할 수도 있게 됐기 때문이었다. 말하자면 온종일 명동에서 죽치고 앉아 있을 필요가 없어진 것이다. 룸펜, 즉 '고급 실업자'라는 말이 서서히 사라지기 시작하던 때가 바로 1970년대 초반이었다.

내가 청춘시절의 대부분을 명동에서 노닐게 된 것은, 명동 이외엔 달리 갈 만한 곳이 없었기 때문이다.

지금은 강남이 발달해 있어서 압구정동이나 청담동 같은 곳이 거대한 카페촌을 형성하고 있고, 연세대 앞이나 이화여대 앞, 홍익대 앞 등 신촌 근처에도 젊은이들이 갈 만한 술집이나 카페가 쌔고 쌨지만, 그 당시만 해도 서울의 유흥가는 오직 명동과 무교동 단 두 군데뿐이었다. 1970년대 초의 서울 인구가 3백만 명 정도였으니 그럴 만도 했다.

아니 인구도 그렇지만 그 당시 우리나라 경제 수준이 지금만 훨씬 못했다는 것이 진짜 원인일 것이다. 술집에서 마음 놓고 술을 마실 만큼 돈을 여유 있게 가지고 다니는 사람이 그때는 드물었다.

나도 마찬가지여서, 대학시절 4년 동안 맥주를 마셔본 기억이 아주 적다. 대개는 소주 아니면 막걸리였고, 특히 요즘과 다른 점은 대학생들이 소주보다 막걸리를 더 많이 마셨다는 사실이다.

그때의 소주는 지금과는 달리 알코올 도수가 30도였는데(지금은 보통 20도 안팎이다). 아무래도 독한 술을 마시려면 안주가 필요한 법이고 그래서 술값이 꽤 비싸게 먹힌다. 그런데 막걸리는 앞서 말했듯 술이라기보다는 '녹말 죽' 같은 것이어서 안주가 별로 필요 없었다.

또 그 당시의 술가게 아주머니들은 인심이 후해서 막걸리만 시키고 안주를 안 시켜도 너그럽게 봐주었다. 그래서 공짜로 나오는 김치 한 접시를 놓고 막걸리를 마시면 돈이 별로 많이 들지 않았다. 또 그때는 물이 나쁘지 않아서 막걸리의 질이 요즘에 비해 꽤 고급이었던 것 같다. 아무리 마셔도 골치가 아프지 않았고 속이 쓰리지도 않았다.

맥주를 마시면서 다미를 바라보니, 그녀가 예상 외로 주량이 세다는 것을 알 수 있었다. 그리고 서슴없이 담배를 피우고 있었다. 화사하고 고급스러운 차림새와 공주 같은 얼굴에 비해 볼 때 놀라운 이변이다.

나는 그녀의 예상치 못했던 대담성에 다시 한 번 애모와 숭배의 감정을 느꼈다. 일탈미(逸脫美) 역시 유미주의의 범

위 안에 드는 퇴폐적 아름다움이기 때문이다.

그녀를 바라보지 않으려고 애쓰는 내가 안쓰러워 보여서, 나는 빠른 속도로 술을 마시다가 나중에 가서는 아예 필름이 끊겨 버렸다.

5
우울한 편지

우울한 편지

두 번째 모임이 끝난 후부터 우리 Y대 회원들 간에 다미에 대한 이야기가 여러 가지로 터져 나오기 시작했다. 그녀는 여자 회원들 중에서 그야말로 군계일학(群鷄一鶴)이었기 때문에, 그녀에 대한 얘기가 안 나올 수가 없었다.

윤기가 호들갑스럽게 이야기하는 것을 들어보니 다미가 굉장한 부호기업가의 딸이라는 것이었다. 그녀의 우미(優美)한 옷차림을 보고 내가 직감으로 느꼈던 것이 확실해지는 순간이었다. 나는 윤기의 말을 들으며 새삼 다미가 '가까이 하기엔 너무 먼 당신'처럼 여겨졌다.

그때 나는 집안이 가난했지만 그런대로 내 힘으로 대학에

다니고 있었다. 우선 입학할 때 성적이 좋아 학부 4년 동안 매달 용돈까지 지급해주는 '양영 장학회'의 전액 장학금을 받고 있었고, 또 두 팀의 고등학생들에게 과외지도를 해주고서 돈벌이를 하고 있었다. 하지만 그렇다고 해도 다미의 집안에 비해 우리 집안은 영락없는 천민 집안이요, 그래서 나 또한 '천골(賤骨)'일 수밖에 없었다.

그래서 나는 내가 귀골이 되고 싶어하는 심리에다가 귀골의 특권을 비꼬는 내용으로 된 「귀골(貴骨)」이라는 산문시를 써보기도 하였다.

이불을 깔지 않은 맨바닥 위에선 잠이 잘 오지가 않더군. 드러눕지도 못하겠어. 몸이 원체 말라서 이리저리 뼈가 튀어나와 방바닥에 살이 배기기 때문. 그런데 서울역 대합실이나 남대문 지하도의 지게꾼들과 거지 아이들은 시멘트 바닥에서 잠을 잘도 자고 있었어. 그것도 대낮에. 괜히 육신이 예민하여 조그만 소음이나 자극에도 잠을 잘 못 이루는 나보다 그들은 그래도 행복해 보였어. 이런 고통을 어머니께 호소하면, 으레껏 어머니는 "그건 네가 귀골(貴骨)인 탓이야"라고 말씀하시며 대견스레 당신의 아들을 바라보시더군. 오늘도 하굣길에 벗어 놓은 내 양말을 빨아 주시며, "발에 땀이 없는 걸 보면 넌 역시

청춘
74

귀골이야, 귀골. 천골(賤骨)인 사람들은 꼭 발에 땀이 많아 가지고 썩는 냄새가 나거든. 사람은 확실히 날 때부터 천골과 귀골이 따로 있는 모양이야" 하시며 흐뭇한 표정을 지으시지 않아. 그러고 보니 정말, 어디서나 잠을 쿨쿨 잘 자는 친구들, 살이 질펀하게 찐 친구들이 꼭 천골로 보여. 피곤한 모습으로 시장터에서 정신없이 낮잠을 자고 있는 행상 아주머니들도 확실히 천골. 지게꾼도 천골. 자장면을 20초에 게걸스럽게 먹어치우는 사람도 천골. 천골로 태어난 그들은 참 불쌍하지. 귀골로 태어난 나는 참 그래도 행복하지. 돈은 없어도 나는 몸이 말랐어. 신경도 날카로워. 큰 부자는 못된다고 해도, 그래도 노동을 하지 못하고 카페 구석에서 담배 연기를 뿜으며 세월을 한탄하고, 거지들에게 십 원짜리 동전이라도 떨어뜨리며 흐뭇해 할 수 있는 귀골인 나는 그래도 얼마나 행복한 놈이야? 귀골 귀골 귀골 귀골. (발음이 이상해, 꼭 개구리들이 악마구리처럼 떠드는 소리 같지 않아?) 아무튼 좋은 게 좋지, 귀골이 좋지. 사람은 태어날 때부터 귀골과 천골이 따로 있다더군. 천골은 날 때부터 눈이 세 개라더군. 뿔이 달렸다더군. 흉측한 꼬리도 달렸다더군.

다미의 집안 얘기를 듣자, 나 말고도 다른 남자 회원들이다 아쉬워서 입맛을 쩍쩍 다시는 듯한 감(感)을 느꼈다. 그때 남학생들에게 국문학과는 다시 말해서 '궁문학과(窮文學科)'여서, 대학을 나와도 별로 비전이 안 보이는 하류(下流)학과로 인식되고 있었던 것이다.

여학생들은 좀 예외여서, 대학을 졸업한 후 곧바로 결혼하던 당시 풍조로는, 국문학과는 여자가 좋은 집에 시집가기 위해 교양도 쌓고 또 대학졸업장 간판도 딸 수 있는 괜찮은 학과로 인식되고 있었다.

그런 데로 생각이 미치자, 나는 과연 다미가 오로지 시집을 잘 가기 위해서 대학을 다니는 여자인지 궁금해졌다. 토론시간 때 이따금 말하는 그녀의 말투나 내용, 그리고 술을 잘 마시고 담배까지 대담하게 피우는 걸로 봐서는, 그녀가 그런 천박한 시속(時俗)에 끌려 다닐 것 같지는 않았다.

연애심리학의 측면에서 볼 때 여성은 두 부류로 나뉘어질수 있다. 하나는 '어머니형'이요, 다른 하나는 '자유연애형'이다. 어머니형의 여성은 결혼을 통한 가정생활에서 만족을 느끼고 성적(性的) 쾌감의 충족보다는 자식 기르는 일에 더 큰 성의를 보이는 타입을 말한다. 그리고 자유연애형의 여성이란 결혼을 속박으로 여겨 연애에 탐닉하고, 자식에 대한 애정보다는 자기 자신에 대한 애정이 더 큰 타입을 가리킨다.

나는 이 두 타입 이외에 한 가지 타입을 더 추가할 수 있다고 보는데, 자식에 대한 극진한 모성애를 갖고 있으면서도 남편을 보살피는 일이나 한 남편만을 고정적인 성적 대상으로 삼는 일엔 염증을 내는 '당당한 미혼모형'이 그것이다. 유럽의 경우엔 당당한 미혼모형이 점점 더 늘어나 사회적으로 멸시받는 일 없이 떳떳하게 살아가고 있다. 자식 역시 사생아로 천대받지 않고 당당하게 행복을 추구해 갈 수 있다.

우리나라는 아직도 '사생아'라는 딱지가 붙는 것을 아주 꺼려하고 또 피임교육도 제대로 이루어지지 않아, 혼전에 아이를 가지면 낙태시켜버리거나 내다버리는 일이 빈번하게 벌어지고 있다. 모든 여성은 당연히 모성애를 가지고 있어야 하고, 결혼을 통해서 낳은 아기만이 축복을 받을 수 있다는 편견이 지배하고 있기 때문이다. 성적(性的)인 편견이 한 인간의 운명을 출생 이전부터 지배하고 있는 셈이다.

결혼이든 자식 낳기든, 이젠 어떤 획일적 규준을 강요할 수 없는 세상이 되었다. 자유연애형의 여성이 사회적 통념에 이끌려 시집을 간다면 자신은 물론 남편이나 자식에게도 큰 불행을 안겨주게 된다. 또 어머니형의 여성이 경직된 여성해방론자들의 말에 속아 넘어가 결혼을 포기하고 무작정 사회참여를 하겠다고 덤벼들면 그 역시 불행이다.

그러므로 결혼이든, 성(性)이든, 또는 순결이든, 프리섹스든, 이제부터는 모든 게 '각자 선택'으로 해결되는 다원주의의 세상이 되어야 한다. '영이'가 혼전순결을 지키지 않고 자유로운 섹스를 즐겼다고 해서 더러운 여자로 비난받거나 세련된 여자로 간주돼서는 안 되고, '순이'가 혼전순결을 굳게 지켰다고 해서 촌스러운 여자로 치부되거나 고상한 여자로 치켜세워져서도 안 된다.

여성과는 달리 남성에겐 '당당한 미혼부(未婚夫)형'이 있을 수 없다. 아니 남자에겐 '아버지'형이라는 것 자체가 없다. 많은 인류학자들이 지적하듯 원시 인류는 '아버지'의 개념이 없는 모계사회였고, 자식 기르기는 오로지 여자의 몫이었다. 그러므로 남성은 원칙적으로는 모두 다 '자유연애형'이라고 할 수 있다.

물론 가정적인 성격의 남자가 우리 사회엔 많고, 자식 기르기에도 열정을 보이는 남자들이 흔하다. 그러나 그런 남자들이 가정에 충실한 것은 선천적으로 타고난 부성애 때문이라기보다는 '소유욕'이나 '대(代) 잇기'에 대한 집착 때문이다. 그러므로 남성 역시 얼추 두 타입으로 나눌 수 있는데, 하나는 '가정형'이요, 하나는 '자유연애형'이다.

'가정형' 남성과 '어머니형' 여성은 겉보기엔 비슷해 보이지만 속을 들여다보면 판이하게 다르다. 여성은 오로지 자식 기르는 보람 때문에 가정에 충실한 것이고, 남성은 가장(家長)으로서의 권위 유지와 소유욕의 충족 때문에 가정에 충실한 것이다.

그런데 요즘은 이러한 성격 패턴의 양상이 여러모로 달라져 가는 추세를 보이고 있다. 우선 가정형의 남자가 가장으로서의 권위를 유지할 수 있는 사회 분위기가 차츰 사라져가고 있고, 여성의 경우에도 자식 낳기를 원하고 모성애도 있지만 '자식 기르는 노동'은 귀찮아하는 이들이 늘어나고 있다. 그래서 자유연애형이 못되는 남자들은 평생 소외감과 열패감(劣敗感)의 늪에서 시달려야 하고, 어머니형의 여자들 역시 자기만 억울하게 혹사당하고 있는 듯한 억울감에 시달려야 한다.

어정쩡하기는 자유연애형의 남녀들 역시 마찬가지다. 아직도 대상을 바꿔가면서 하는 프리섹스는 탈선이나 타락으로 간주되기 쉽기 때문이다. 그래서 자유연애형의 남녀는 '독신주의'를 겉간판으로 내세우고 몰래몰래 연애를 할 수밖에 없는데, 그러다 보면 아무래도 찜찜한 부담감이 뒤따르게 된다.

그러므로 우리 사회에서 '각자 선택'의 다원주의적 성문화가 뿌리내리기엔 아직은 시기상조라는 생각이 든다. 아니 영원히 불가능할 것 같은 암담한 예감도 드는데, 워낙 우리 사회가 개성을 억압하는 '집단주의 문화'로 다스려지고 있기 때문이다.

어쨌든 나는 줄곧 만나왔던 붙박이 애인인 C와의 결별을 큰 맘 먹고 그녀한테 선언한 바 있어서, 어떻게 해서라도 다미에게 구애(求愛)의 대포를 쏴대야만 하였다. 그런 절박한 심리가 하루하루를 지옥으로 만들어가고 있었다.

게다가 나를 뺀 우리 학교 남자 회원 네 명이 다 다미를 꼬드길 궁리를 하는 것 같아 나는 무척 초조해졌다. 나는 그녀가 필시 '어머니형(型)'이 아니라 '자유연애형'일 거라고 확신하면서 호시탐탐 기회를 엿보고 있었다.

그러던 어느 날 뜬금없이 그녀한테서 편지 한 통이 날아들었다. 회원 명단을 작성해서 돌릴 때 주소와 전화번호까지 다 적어서 돌렸기 때문에, 편지가 학교로 안 오고 집으로 왔던 것이다.

나는 미칠 듯이 두근거리는 가슴으로 조심스럽게 그녀가 보낸 편지 봉투를 뜯어보았다. 그런데 무슨 사연 같은 것도 적지 않고서, 그녀는 달랑 자기가 쓴 시 한 편만 적어서 보낸 것이었다. 우선 제목 없이 써 보낸 시의 내용은 이랬다.

그가 문득 창문을 연다.
비바람이 세차게 방안으로 몰아닥친다.
그는 온몸으로 비바람을 맞으며
마치 바닷가에서 파도의 포말 속을 소요하듯
창가를 이리저리 거닌다.

가끔씩 들려오는 가벼운 천둥소리가
마치 오케스트라의 팀파니 소리처럼
아련한 느낌으로 전달돼 온다.

그의 멍한 시선이
검푸르게 보이는 먼 산을 쫓고 있다.
아니, 그의 눈은
먼 산을 바라보고 있는 게 아니라
흡사 바닷가의 드넓은 수평선을
바라보고 있는 것처럼도 보인다.

드넓은 공허가 드넓은 공간 속에 자리 잡고 있는 곳.
아니, 부질없는 희망이
공허한 공간 속에 자리 잡고 있는 곳.
무섭기도 하고 아련하기도 한 노스탤지어가

하릴없이 피어올라

사람의 마음을 과거 속에 붙들어 매두는 곳.

그녀는 그의 곁으로 다가간다.

그의 눈의 초점이 점점 더 흐려지고 있는 것처럼 보인다.

그의 잿빛 눈동자 속으로

하늘과 산과 우주 전체가 들어와 박혀있는 것 같다.

또한 그의 몸뚱어리 전체가

비바람 속에 파묻혀

허공 속으로 빨려 들어가고 있는 것처럼도 보인다.

그녀는 그녀가 자살하기 전에 먼저

그의 목을 서서히 조르기 시작한다……

어찌 보면 정말 무시무시한 시요, 저주의 시였다. 그러나 다른 한 편으로 생각해보면 보들레르나 에드거 앨런 포의 문학이 상기되는 '그로테스크'의 미학을 극대화한 시였다.

나는 우선 다미의 시 쓰는 솜씨가 대단하다는 걸 인정할 수밖에 없었다. 그녀는 당시 주류문단의 어느 여류시인도 흉내 내지 못할 대담한 시적(詩的) 상징을 구사하고 있었다.

대체 무슨 의도로 이런 시를 불쑥 내게 보낸 것일까……. 나를 좋아해서? 아니면 내가 너무 싫으니 빨리 죽으라고? 나는 한참동안 궁리에 궁리를 거듭해 봤지만 그녀의 속마음을 도저히 알아낼 도리가 없었다.

그러나 차츰 흥분이 진정되면서부터, 그녀가 내게 시를 보낸 것은 어찌됐건 그녀가 내게 관심을 가지고 있다는 생각이 들어 내심 흐뭇해졌다.

의외로 그녀를 쉽고 빨리 꼬드길 수 있는 기회를 그녀가 선물해 준 것 같아 나는 희망에 부풀었다.

다미가 내게 먼저 시로써 관심을 보였으니 나도 그녀에게 시로써 답례를 표해야겠다는 생각이 들었다. 도대체 어떤 내용의 시를 써보내야 그녀를 감동시킬 수, 아니 그녀에게 충격을 줄 수 있을까? 나는 밤잠을 설쳐가며 고민에 고민을 거듭했다. 그 결과 다음과 같은 시 한 편이 이루어졌다.

나의 님은 맨살 위에
보디 메이크 업(body make up) 하는 걸 좋아했지
그래서 벌거벗은 몸뚱어리가 더 현란하게 보였지

어느 날 그녀는 젖가슴 언저리에 피아노 건반을 그렸어
흑과 백의 콘트라스트가 그 어떤 브래지어보다 멋있었어

그래서 나는 열심히 피아노를 쳤지
내 긴 손가락으로, 내 긴 혓바닥으로.

내가 건반을 칠 때마다
내가 건반을 누를 때마다
피아노는 음울한 신음소리를 냈어

딩동댕 아아악
딩동댕 흐흐흑

왠지 나는 그 소리가 듣기 싫어
그녀의 입술을 내 입술로 덮어버렸지
영원히 영원히 덮어버렸지

시를 편지봉투에 넣어 부치고 나서 나는 내 시에 대한 그녀의 대응이 어떤 것일까, 하고 무척이나 가슴 설레며 궁금해했다. 그러면서 일주일이 흘렀다.

일주일 후 문학 동인회 모임에 나가봤더니 다미는 참석하지 않고 있었다. 나는 왠지 그녀와 나 사이의 '끈'이 잘라진 것 같아 울적한 마음으로 있다가 집으로 돌아왔다.

그런데 잠시 후 뜻밖에도 다미한테서 전화가 왔다. 그녀는 거두절미하고 내게 이렇게 말했다.

"내일 저녁에 저랑 만날 수 있어요?"

6
밤은 부드러워

밤은 부드러워

그녀가 전화로 말하는 것을 듣는 순간, 내 염통은 벌렁벌렁 뛰었다. 또 콩팥에도 이상현상이 생겼는지 갑자기 오줌이 마렵기도 했다.

내가 돌연한 충격 때문에 말을 제대로 못하고 우물쭈물하고 있자, 다미는 일방적인 어조로 다음과 같이 말했다.

"내일 저녁 6시에 명동 '캠퍼스 카페'로 나오세요."

그러고서 그녀는 전화를 끊어버렸다. 그녀의 일방적인 행동에 조금 화가 나기도 했지만, 조금 뒤부터 내 마음은 고무풍선처럼 부풀어 올랐다. 다미와 나 둘만의 만남이 너무 수월하게 이루어졌기 때문이다.

다음날 저녁 6시에 나는 '캠퍼스 카페'로 나갔다. 다미가 먼저 와 기다리고 있었다. 그녀는 희미하게 웃으며 아는 체를 했다.

차를 시켜 마시면서 우리 두 사람은 별로 말이 없었다. 내가 침묵을 참지 못하고 먼저 말을 꺼냈다.

"왜 저를 만나자고 했습니까? 그리고 왜 저한테 시를 보내셨지요?"

그러나 다미는 별로 억양이 없는 어조로 시큰둥하게 대답했다.

"당신이 그중 제일 잘생겨서요."

나는 47kg밖에 안 나가는 빈약한 육체와 특히 어깨가 좁은 것에 커다란 콤플렉스를 갖고 있었다. 그래서 그런 얘기를 그녀에게 하며 놀리지 말라고 이야기했다. 그러자 그녀는,

"당신의 우뚝한 코 하나만은 정말 명품 중의 명품이에요. 당신 코에 반했어요. 그리고 저는 날씬하게 마른 남자가 좋아요. 당신은 키도 큰 편이고 몸매가 정말 날씬해요."

하고 심드렁한 어조로 대답하는 것이었다. 나한테 '당신'이라는 호칭을 쓰는 것이 그리 기분 나쁘지 않게 들렸다. 마치 부부 사이라도 된 것 같은 기분이었다.

"그럼 다미 씨는 남자를 볼 때 외모만 보시나요?"

"그럼요. '겉볼안'이거든요. 그리고 아까 빠뜨린 건데, 당

신의 달걀형 얼굴 윤곽과 쪽 빠진 하관도 정말 한국인으로서는 보기 드문 거죠."

"다미 씨가 그렇게 비행기를 태우니까 쑥스럽네요. 그럼 저도 답례를 하기로 하죠. 전 이제껏 다미 씨처럼 아름다운 여자를 본 적이 없어요. 그리고 금상첨화라고, 내게 보내준 시도 정말 섬뜩한 느낌이 들만큼 그로테스크의 미(美)를 보여주고 있었구요."

"그건 당신 시도 마찬가지예요. 무척이나 감동적인 시였어요. 당신은 머리가 좋은 남자인 것 같아요. 우리, 앞으로도 편지로 시를 교환하기로 해요."

"내 외모입니까, 내 시입니까? 다미 씨가 반한 대상이요."

"물론 외모가 제일 중요하죠. 시 쓰는 능력은 곁따라 온 거구요. 당신도 그런 거 아닌가요?"

"제가 보기에 다미 씨도 아주 미인인데 그동안 애인이 없었나요? 분명 추근거리는 남자들이 많았을 텐데요."

"물론 애인도 많았고 추근대는 남자도 많았죠. 하지만 전 그때그때 기분 내키는 대로 계속 파트너를 바꿔왔어요."

황당할 만큼 어이없는 대답이었다. 그럼 나도 그녀의 '사랑의 먹잇감' 중의 한 사람에 불과하다는 얘기가 아닌가.

내가 좀 뚱한 표정으로 한참동안 대답을 안 하고 있자, 다미는 명랑한 어조로 이렇게 말했다.

"그렇게 너무 심각한 척 하지 마세요. 연애는 그저 그때그 때 상황 봐가며 '즐기는' 거예요. 예상했던 것보다 너무 순진 하시네요. 자, 우리 여기서 나가요. 술이 고파서 죽겠어요. 그 리고 춤도 고프구요."

춤이 고프다? 그럼 다미는 춤추기를 즐긴단 말이로군. 사 실 나는 여자를 만나오면서 춤을 추러간 적은 한번도 없었다. 당시에는 대학생 전용의 값이 헐한 댄스클럽이 없었을 뿐더 러, 대학생들이 춤을 잘 추지도 못했다.

"춤은 제가 잘 못 추는데……."

"그냥 분위기만 즐기면서 적당히 몸을 흔들기만 하면 돼 요. 참, 그리고 오늘 술값은 제가 낼 테니까 돈 걱정은 하지 마 세요. 만나자고 한 게 저니까요."

이렇게 말하고 나서 다미는 금세 자리에서 일어섰다. 나도 주춤거리며 그녀를 따라 나갔는데, 그녀는 카페에서 나오자 마자 내 팔장을 끼고서 유유히 걸어가는 것이었다. 나는 '이 게 웬 떡이냐'하는 심정보다도, 그녀한테 모든 걸 리드당하는 것 같아 조금 자존심 상하는 걸 느꼈다. 그렇지만 역시 내 가 슴은 다미에 대한 연정(戀情)과 기대로 두근거리고 있었다.

다미는 명동을 빠져나와 큰길로 나오더니 지나가던 택시 를 한 대 불렀다. 그리고 차에 오르자마자 택시 기사에게, "아 저씨, 이태원으로 가주세요"라고 말하는 것이었다.

　나는 이태원은 처음이었다. 미군과 외국인들이 많이 찾는 곳으로만 알았지 직접 가보지는 못했던 것이다. 나는 그녀가 나를 어디로 데려갈지 부쩍 호기심이 났다.

　이태원 거리를 죽 지나가다가 다미는 어느 큰 건물 앞에서 차를 스톱시킨 후 차에서 내렸다. 물론 나도 따라 내렸다.

　건물 입구를 보니 '해밀턴 호텔'이라고 적혀 있었다. 건물 앞에서 서성거리는 사람들 중 절반 이상이 미군과 외국인들이었다.

　나는 '해밀턴 호텔'은 물론이고 그 어떤 호텔에도 가본 적이 없었다. 다미는 다시 내 팔짱을 끼고서 호텔 안으로 들어가 지하로 내려갔다. 그러면서 나에게 이렇게 말했다.

"여기는 외국인 전용 호텔이라, 야간 통행금지 시간을 넘기고 나이트클럽에서 밤을 새워가며 술을 마시고 춤을 춰도 괜찮은 곳이에요."

"외국인 전용 호텔 나이트클럽인데 우리가 어떻게 들어가죠?"

"잘 아시잖아요. 한국이란 나라는 되는 것도 없고 안 되는 것도 없는 나라라는 사실을요."

그녀는 더 이상 설명을 해주지 않고서 나이트클럽으로 들어갔다. 그녀가 자주 가는 곳인듯, 문지기 웨이터가 그녀를 보고 아는 체를 했다.

나는 못 추는 춤을 추기도 겁났지만 밤을 새운다는 말에 겁이 덜컥 났다. 역시 내가 소심한 모범생이기 때문이었다.

자리를 잡고 앉자 다미는 목이 마르다며 맥주를 주문했다. 그리고 배도 채울 겸해서인지 닭다리 튀김을 안주로 시켰다. 그러고는 그때부터 줄창 줄담배였다.

나도 술이 고팠던지라 나온 맥주를 맛있게 들이켰다. 그리고 닭다리도 열심히 뜯었다. 또 그녀에게 질세라 담배도 열심히 피워댔다.

아직 시간이 이른지 나이트클럽 안이 한산했다. 그런데도 무대 위에서는 소규모의 악단이 조용한 생음악을 연주하고 있었다.

술과 안주로 얼추 배가 불러오자 손님들이 더 많이 들어왔고, 악단도 음악을 춤추기에 좋을 걸로 무드 있게 연주했다. 악단의 연주가 어느 곡에 이르자 다미가 내 손을 잡아 이끌고서 무대 앞에 마련돼 있는 넓은 플로어로 나간다. 그러면서 내게, "이건 제가 정말 좋아하는 느린 곡이에요. 춤을 추지 않으면 본전이 아깝죠. 당신도 춤에 너무 겁먹지 말고 적당히 몸을 흐느적거려 주세요." 하고 말한다.

내가 곡의 제목이 뭐냐고 물어보니까 찰리 채플린이 감독과 주연을 같이 맡은 영화 <Lime light>의 주제가인 <Eternally>라고 했다. 그렇다면 상당히 오래된 노래를 다미가 알고 있는 셈이었다. 나도 음악을 좋아하긴 했지만 처음 들어보는 곡이다. 무대 위의 악단은 노래 없이 연주곡으로만 그 곡을 감칠맛 나게 들려주고 있었다.

다미가 내게 몸을 찰싹 들러붙이고서 내 손을 잡은 후 춤을 리드해가고 있었다. 나는 그녀의 발을 안 밟으려고 애쓰면서, 진땀을 흘려가며 구색을 맞춰 보려고 어기적어기적 스텝을 밟아나갔다.

연주가 끝나자 나는 그래도 그녀의 발을 안 밟은 것에 안도감을 느끼며 테이블로 돌아왔다. 십년감수한 기분이었다.

그녀와의 포근한 살갗접촉 때문에 나는 적이 흥분이 되어 맥주를 더 빠른 속도록 들이켰다. 하지만 다미가 워낙 주량이 세서 거기에 따라가는 것이 꽤나 힘들었다.

조금 있다가 빠른 템포의 연주곡이 흘러나오기 시작했다. 아마도 그때 유행했던 고고 리듬인 것 같았다. 다미가 반색을 하며 내 손을 잡고서 춤을 추자고 한다. 그렇지만 나는 빠른 춤은 워낙 자신이 없어 한사코 안 나가겠다고 버텼다. 그러자 그녀는 혼자 플로어로 나가서 멋지고 신나게 몸을 흔들어댔다. 나로서는 또 다른 '유미적 경탄'의 순간이었다.

이런 식으로 술 마시고 춤추고 담배를 피우다가 통행금지 시간을 넘겨버렸다. 그러자 다미가 나보고 호텔 방으로 들어가자고 한다. 나는 덜덜 떨리는 한기(寒氣)를 느끼며 그것만은 못하겠다고 말했다. 찬란하게 아름다운 다이아몬드에 상처를 낼 수는 없었던 것이다.

7
낭만과 덧없음

낭만과 덧없음

그 뒤부터 나에겐 즐겁고 행복한 시간의 연속이었다. 동인회 모임에 나가서 다미와 마주칠 때는 전혀 사귀는 사이가 아닌 척하면서, 그녀와 나는 따로 흐뭇한 데이트를 즐겼다.

그리고 서로 시를 열심히 써가지고 편지로 교환했다. 직접 보여주는 것보다는 그편이 훨씬 로맨틱해 보이기 때문이었다. 나로서는 아주 좋은 습작의 기회가 되어주었다. 그런데 다미가 내게 보내오는 시는 온통 우울과 그로테스크의 연속이라서 나는 적이 당황스러웠다.

다미와 내가 일요일 낮에 만날 때는(그녀가 교회에 안 나가는 여자라서 안심이었다. 여자 기독교도들은 모두 다 꽉 막히고 사디스틱한 심성을 갖고 있기 때문이다), 어디로 멀리 나가는 것보다 서울 도심 속에서의 한가한 산책을 즐겨보기도 했다.

그때도 일요일엔 서울 시내보다는 서울 시외가 더 붐볐다. 여기서 내가 '시내'라고 한 것은 서울의 중심부인 사대문 안의 지역을 가리킨다. 흔히들 '문 안'이라고 부르는 지역인데, 지금의 행정구역으로 치면 중구와 종로구(세검정 지역을 뺌)가 '문 안'에 해당되는 지역일 것이다. 이젠 서울이 너무 넓어져서 '문 안'이니 '문 밖'이니 하는 개념이 사라져버린 것 같지만 말이다.

나는 초등학교 1학년 말부터 서울에서 살아왔는데(그 이전까지는 6.25 전쟁 직후의 피난생활로 강원도 인제, 양구, 화천 등지를 전전하며 자랐다), 고등학교 2학년, 그러니까 1967년까지 줄곧 '문 안'에서도 한복판이라고 할 수 있는 중구 수하동에서 살았다. 수하동은 을지로 1가 부근에 있는 동네이다. 그때까지만 해도 수하동은 주택가여서 집은 아주 비좁았지만 그런대로 살 만하였다.

그러나 내가 나온 청계초등학교(명동 입구의 구 내무부 건물, 그러니까 지금의 외환은행 본점 건너편에 있었다)가 도심지의 빌딩화 추세에 따른 상주인구의 감소로 1967년에

폐교되고, 집 주변의 건물들이 하나둘씩 유흥가로 변하게 되자, 어머니는 드디어 너무 시끄러워진 수하동을 떠나기로 결심하게 되었다. 그래서 그때 이사 간 곳이 동대문구 신설동(新設洞)인데, 글자 그대로 새로 생긴 동네라는 뜻이어서 아주 먼 시외 지역으로 떠나가는 기분이 들었었다.

지금의 신설동은 청량리와 더불어 서울 동부지역의 중심적인 상가 역할을 하고 있어 아주 시끄럽다. 그래서 결국 13년쯤 살다가 신설동에서 마포구 서교동으로 집을 옮기게 되었지만, 그때 신설동으로 집을 옮길 때의 심정은 퍽 착잡한 것이었다. '문 안'을 떠나기가 싫어 나는 발버둥 치며 울었고, 마치 시골로 귀양 가는 듯한 기분에 빠져들었던 것이다. 서교동에는 너무나 도둑이 많아 결국 지금 사는 용산구 동부이촌동 아파트로 옮기고 말았다. 문 안은 아니더라도 어쨌든 나는 강북을 고수하고 있는 셈이다.

어린 나이였지만 나는 서울 한복판에서 산다는 것에 큰 긍지를 가지고 있었고, 서울 도심의 화사한 분위기가 주는 매력에 상당히 심취해 있었던 것 같다. 특히 수하동은 명동에 인접해 있어서, 명동 예술극장(한때 없어지고 증권회사가 들어있다가 최근 다시 복구했다) 같이 예술적인 장소나 유흥가의 화려한 네온사인 등에 묘한 도시적 향수를 맛볼 수 있었던 것이다. 그때부터 나는 도심의 화사하고 야한 시정(市井) 분위기를 시골의 한적한 분위기보다 더 좋아했던 것 같다.

중학교나 고등학교 때 나는 일요일마다 극장에 가는 것이 큰 낙이었는데(물론 '중·고등학교 학생 입장가(可)'만 보는 모범학생이었다), 우리 집을 나서면 금세 중앙극장에 이르게 되었고, 때로는 대한극장이나 극동극장(그때는 아테네 극장이란 이름으로 서울시 교육청이 직영하는 학생 전용 극장이었다)까지도 쉽게 걸어갈 수 있었다.

특히 학생 극장이었던 아테네 극장에 가서 영화를 보고 나서 저녁노을이 뉘엿뉘엿 깔리기 시작하는 거리를 천천히 걸어서 집으로 돌아오는 산책 코스가 나에게 퍽이나 아름답고 환상적인 센티멘틸리즘을 선사해 주었다. 지금의 백병원 건물이 있는 자리엔 낡은 일본식 집들이 많이 있었고, 큰 느티나무 한 그루가 서 있어 스산한 저녁 정취를 더욱 진한 페이소스로 승화시켜 주고 있었다. 을지로도 퍽 한산한 길이어서(일요일엔 더욱 그랬다) 을지로를 지나 우리집까지 걸어오는 동안 나는 마음껏 문학소년다운 감상(感傷)을 즐길 수 있었다.

그래서 다미와 나는 일요일 같은 때 도심지를 빠져나가기보다는 도심지 안에서의 산책을 즐겼다. 시외로 나가면 길은 온통 자동차의 홍수이고, 막상 도착해 봤댔자 역시 장바닥처럼 시끄럽다. 그러나 서울 도심지의 일요일은 차량의 행렬이 없어 아주 한산하여, 마치 오래 전의 서울 거리를 보는 듯한 착각을 불러일으켜 주었다.

우리가 즐겨 애용했던 산책로는 남산의 순환도로와 필동의 골목길이었다. 명동 입구에서 퍼시픽 호텔을 끼고 남산에 올라가면 약수터가 나오고, 거기서 조금 더 올라가면 남산 순환도로의 톨게이트가 나온다. 순환도로를 걸어가다 보면 『삼국지』에 나오는 제갈공명 선생을 모신 사당인 '와룡묘(臥龍

廟)'가 있어 더욱 도심 속에서 옛 정취를 맛볼 수 있다. 와룡 묘를 지나 계속 걸어가다 보면 지금의 장충동 국립극장 입구에 이르는데, 우리는 거기까지는 가지 않고, 직전에 필동으로 내려오는 계단을 타고 다시 주택가 속의 좁다란 골목길을 걸어 나오는 것이다.

내가 필동을 좋아했던 까닭은, 골목이 구획정리가 돼 있지 않아 꼬불꼬불하고 대개 구옥인 집들이 많고 또 일본식 집이어서, 불규칙한 가운데 무언가 고풍(古風)스런 정취를 느낄 수 있어서였다. 일본식 집이든 한국식 집이든, 무언가 조금 낡아가고 있는 건물들은 다 아름답다. 또 좁은 골목길이 꼬불꼬불 이어지고, 저녁 때 그 골목길에 작은 포장마차라도 하나 있으면 우리의 도심(都心) 산책은 더욱 활기를 띠게 된다. 낮 모르는 동네 아저씨, 동네 청년들 틈에 섞이어 소주 한 병에 멍게 한 접시를 놓고 땅거미 짙어가는 서울의 으스름 저녁을 멍하니 관조할 수 있어 좋았다.

계동 골목과 가회동 골목길, 소격동이나 사직동, 삼청동 등의 골목길도 우리가 애용했던 산책로였다. 학교 근처의 골목에 가끔 고서점이라도 하나 있으면, 우리는 그곳에 들어가 책 전체가 먼지투성이가 되고 종이가 누렇게 변해버린 몇 십 년 전에 나온 책이라도 없나 두리번거려 보았다. 번쩍거리는 화려한 장정의 새 책보다 예전의 책들은 초라한 모습을 하고 있긴 하지만, 보다 따뜻하고 온화한 저자의 체취와 애정을 느낄 수 있기 때문이다.

삼청동 약수터도 오래 전보다는 많이 변질돼 버렸지만 그런대로 괜찮았다. 삼청공원에서 지금의 감사원 건물을 왼쪽에 끼고 올라가면 성북동으로 이어지는 도로가 나오는데, 아주 좋은 산책코스가 돼주었다. 창덕궁을 내려다보며 숲 사이를 걸어가다 보면 성북동 성(城) 터가 나오고, 그 직전에 성균관대학교 후문으로 빠져나올 수 있었다. 우리는 성균관에 들러 오래된 은행나무 곁에 앉아 담배 한 대를 피워 문다. 그리고 동숭동의 서울대 문리대학까지 걸어간다. 조금 시끄럽긴 하지만 그런대로 젊음과 낭만이 있어서 좋았다. 다시 청계천 6가까지 걸어가 헌책방을 순례할 때도 있었다.

지금 와서 생각해보니 서울의 팽창은 너무나 많은 것을 우리에게서 빼앗아가 버렸다. 연세대 뒤에 있는 봉원사의 그윽한 정취도 금화 터널 때문에 사라져 버렸고, 홍제동 주변의 숲은 아파트의 밀림으로 변했다. 양화진 외인묘지와 절두산 성당의 엑조틱(exotic)한 분위기는 전철이 그 사이를 관통하며 지나가게 되는 바람에 복잡한 소음에 묻혀 퇴색해가고 있다.

아, 서울, 명동에서 제기 차고 놀았던 서울, 남산 약수터에서 술래잡기를 하며 놀았던 내 어린 시절의 서울, 그리고 다미와 함께 걸었던 구수한 정취의 옛 서울이 너무나 너무나 그리워진다.

다미와 나는 가끔 먼 시외로 빠져나가 보기도 했다. 그때의 추억 속에서 특별히 내가 잊지 못하는 달콤한 데이트는, 다미와 가졌던, 휘영청 보름달이 뜬 여름밤 대성리 부근의 북한강에서 같이 보트를 타던 때의 기억이다. 그야말로 '문리버(Moon river)'여서, 우리는 낭만적인 사랑의 기쁨을 마음껏 만끽할 수 있었다.

대성리는 아직까지도 내가 가장 애용하고 있는 하이킹 코스인데, 흔히들 알고 있는 대성리 유원지의 강변이 아니라 대성리 기차역에서 청평 쪽으로 1킬로미터쯤 더 올라가면 나오는 '큰골'이란 곳이 우리가 자주 찾았던 장소이다.

거기서 나룻배를 타고 강을 건너면 오래된 느티나무가 나오고, 느티나무 옆에 구멍가게가 하나 있다. 구멍가게 옆에는 노천카페 비슷하게 만들어놓은 게 있어 술을 마실 수가 있었다.

거기서 다시 화야산 계곡을 끼고 올라가면 운곡암(雲谷庵)이라는 작은 암자가 나온다. 우리는 운곡암까지 가서 밥을 지어먹고, 다시 나루터로 내려오는 코스를 택하곤 했다. 당시엔 인적이 아주 드물어서 정말 호젓한 분위기를 즐길 수 있었다.

　나는 그날 다미와 운곡암 근처에서 버너로 밥을 지어먹고 술도 마시며 계곡에 발을 담그고서 한참동안 사랑의 속삭임을 나누었다. 등산객이 한 사람도 없어서, 나는 팬티만 남기고 옷을 벗어버렸고, 그녀도 브래지어와 팬티만 남기고 옷을 벗어젖혔다.

　그런 다음 내가 평평하고 큰 바윗돌 위에 큰 대(大)자로 누워서 해바라기를 할 때, 그녀는 내 얼굴을 한껏 조곤조곤 어루만져주었다.

　정말로 즐겁고 달콤하고 로맨틱한 시간이었다. 밀폐된 술집에서 나누는 사랑보다 한결 유쾌한 사랑을, 우리는 대자연 속에서 한껏 즐길 수 있었다.

　온종일 벌거벗은 채로 물속에 들어갔다 나왔다 하면서 신나게 놀다가, 저녁 으스름이 되어서야 우리는 다시 느티나무가 있는 곳으로 내려왔다. 그때 나는 다시 술 생각이 났다.

　맥주를 몇 병 사서 마시고 있노라니, 저녁노을이 드리워진 강변이 너무나 아름다웠다. 경치에 취하고 술에 취하다보니, 기차 시간 같은 건 까맣게 잊어버리고 말았다.

　얼마 안 있어 둥그런 보름달이 솟아올랐다. 나는 점점 더 흥이 나서 <토셀리의 세레나데>를 비롯하여 나운영 작곡의 <달밤>이나 조두남 작곡의 <그리움> 같은 가곡을 연달아 불렀다. 옆에 있는 다미도 분위기에 도취되었는지 기차 막차가 끊어질지 모른다고 걱정하질 않았다. <토셀리의 세레나데> 는 특히 내가 좋아하는 노래였다.

사랑의 노래 들려온다
옛날을 말하는가 기쁜 우리 젊은 날
사랑의 노래 들려온다
내 마음속 깊은 곳에 피어나는 옛 추억
금빛 같은 달빛이 동산 위를 비추고
정답게 속삭이던 그때그때가
감미로워라 꿈결과 같이 흘러갔건만
내 마음에 사무친 그 님
그리워라 사랑의 노랫소리
옛날을 말하는가 기쁜 우리 젊은 날

원래의 번안 가사에는 두 번째 소절에서 '옛날을 말하는가 기쁜 우리 젊은 날'을 다시 한번 반복하는 것으로 되어 있다. 그런데 나는 그게 좀 싱겁게 생각되어 '내 마음속 깊은 곳에 피어나는 옛 추억'으로 바꿔서 불렀다.
한참 동안 넋을 잃고 달빛에 젖어 있는 강변의 밤 풍경을 즐기며 흥얼거리다가 우리는 밤 10시가 넘어서야 나루터로

갔다. 뱃사공이 있을 리 없었다. 그래서 우리는 용기를 내어 작은 보트 하나를 주인의 허락도 없이 훔쳐서 빌려 타고 강을 건너기 시작했다.

원래 수영을 못하는데다가 팔 힘도 부족한 내가 노를 저으려니 은근히 겁이 나기 시작했다. 1학년 때 한번 C랑 둘이서 대성리 유원지에서 보트를 타다가, 물살에 휩쓸려 내려가 구조대의 도움을 받았던 일이 있기 때문이었다. 그러나 달밤의 수면은 아주 잔잔해서 우리는 별로 힘들이지 않고 강을 건널 수 있었다.

달빛을 받아 황금빛으로 반짝이는 강물은, 더욱더 우리 두 사람을 사랑의 몽환경(夢幻境) 속으로 이끌어갔다. 그래서 나는 사랑은 확실히 '무드'를 필요로 한다는 것, 그리고 '대낮'의 사랑보다 '달밤'의 사랑이 더욱 애틋하고 아름답다는 사실을 몸 전체로 확인할 수가 있었다.

아아, 그리운 그날, 대성리 강변에서의 달밤!

요즘도 나는 가끔씩 <토셀리의 세레나데>를 부를 때마다 그날 밤의 추억 속으로 감미롭게 빨려들어가곤 한다. 그리고 나이를 먹어 감정이 점차 메말라가고 있는(그리고 여자도 꼬이지 않는) 지금의 나 자신을 더욱더 안타깝게 여기게 된다.

나는 다미와 같이 대성리에 가서 즐긴 달밤의 낭만이 잊혀

지지 않았다. 그래서 기차가 끊어진 뒤 아주 늦게 택시로(물
론 택시값은 다미가 냈다) 서울에 도착하여 그녀와 헤어지고
서 집으로 돌아온 뒤, 낭만적 열정을 이기지 못하여 다음과
같이 좀 유치한 시를 즉석에서 써서 그 다음날 다미에게 편지
로 부쳤다.

나는 천당 가기 싫어
천당은 너무 밝대
빛밖에 없대
밤이 없대
그러면 달도 없을 거고
달밤의 낭만도 없을 거고
달밤의 사랑도 없겠지
나는 천당 가기 싫어

그랬더니 며칠 후 속달우편으로 다미한테서 답시(答詩)가
왔다.

살아있는 독수리는 무섭지만
박제된 독수리는 멋이 있다.

살아있는 호랑이는 무섭지만
박제된 호랑이는 멋이 있다.

살아 있는 사랑은 무섭지만
박제된 사랑은 멋이 있다.

우리들의 삶은 '죽고 싶다'와 '죽기는 싫다' 사이에 있다.
우리들의 사랑은 '자유롭고 싶다'와 '자유가 두렵다' 사이
에 있다.

그러므로

우리가 바라는 삶은
마치 박제된 독수리와도 같은
감미로운 가사상태이다.

우리가 바라는 사랑도
박제된 독수리와 같은
가사상태이다.

죽어가는 생명은 애처롭지만

박제된 생명은

멋이 있다.

나는 너무나도 우울한 어조로 쓰인 다미의 시를 보고 깜짝 놀랐다. 우리는 그토록 즐겁고 로맨틱하게 대성리에서 달밤의 데이트를 즐기지 않았던가.

나는 아무래도 그녀가 무슨 마음의 병(病) 같은 걸 앓고 있는 것은 아닌가 생각해보기 시작했다.

그토록 당돌했던 그녀가 내게 보내온 첫 편지(아니, 시), 그리고 그토록 당당했던 그녀의 첫 데이트 신청, 그리고 그토록 퇴폐적이었던 그녀의 춤 솜씨와 음주·흡연……. 그러면서도 전혀 화장을 안 하는 그녀의 기이한 습성……. 나는 그녀의 진짜 정체가 어떤 건지를 몰라 계속 멍한 기분으로 있을 수밖에 없었다.

만약에 그녀가 그녀의 시 내용대로 우울하고 염세적인 인생관을 갖고 있다면 그 이유가 뭘까. 몹시도 가난한 이 나라에서, 그래도 부잣집 딸로 태어났다는 건 얼마나 큰 축복인가. 그렇다면 그녀가 앓고 있는(아니, 그럴 거라고 생각되는) 마음의 병은 필시 사치스런 허영끼에서 나온 어리광인지도 모른다. 말하자면 '배부른 투정'인 것이다. 그리고 우울증이 아니라 조울증이라는 생각도 든다.

나는 다미가 은근히 얄미워지기도 했고, 또 다른 한편으로는 몹시 동정이 가기도 했다.

　　아무튼 확실한 것은, 그녀가 어떠한 마음 상태로 있든 내가 그녀를 몹시도 사랑하고 있다는 사실이었다. 하지만 그녀는 사랑의 상대로는 내게 너무나 벅찬 '우상'이었다.

8
그녀의 향기

그녀의 향기

그날은 학교 수업을 제치고서 한 시간쯤 거리에 있는 자연 식물원에 다미와 함께 가 보기로 한 날이었다. 그래서 나는 아침 일찍부터 채비를 했다. 얼굴을 더 깨끗이 세수하고, 자연스러운 듯하면서도 옷깃의 색깔이 재킷 색깔과 다르게 포인트를 준 재킷을 입었다. 그리고 평소에는 잘 쓰지 않는 앞창이 거의 없는 모자를 써봤다. 나는 좋게 말해서 착하고 순진해 보이고, 더 풀어 말해서 나약한 모범생으로 보인다는 소리를 듣는 인상이었기 때문에, 이렇게 차린다고 해서 터프하게 보일 리 만무했다. 하지만 나도 좀 멋스럽고 세련되게 보이고 싶을 때가 가끔 있었다. 나는 거울 앞에서 냉소적으로

웃는 연습을 몇 번 해보다가 스스로 우스워져서, 애꿎은 머리카락만 한번 세게 잡아당기고서 집을 나섰다.

일기예보는 역시나 틀리라고 있는 것인지, 밤부터 내릴 거라고 했던 비가 가는 길 도중에서부터 부슬부슬 내리기 시작했다. 식물원 앞에 도착하자 날씨가 그런데다가 평일이라 그런지 주차된 차들이 얼마 없었다.

"당신, 우산 있어요?"

하고 다미가 내게 묻는다.

"네, 가방 안에 있긴 한데 하나뿐이에요."

하고 내가 대답했다.

"비가 그렇게 많이 내리지는 않으니까 괜찮겠지요?"

"어딘가 비를 피할 데가 있을 거예요."

산기슭에 꽃과 나무들이 마음대로 자라도록 풀어놓은 자연식물원은 규모가 무척 컸다. 인위적으로 꾸며놓은 다른 식물원들과는 달리 친근하면서도 편안한 느낌이 들어서 좋았다. 오늘 온 관람객들이 원체 없기도 했지만, 부지가 하도 넓은지라 30여분이 지나도록 다른 사람들과 마주친 횟수는 한 손에 꼽을 정도였다.

우리는 한가하게 산책하듯 빗길을 걸었다. 촉촉하고 싱그러운 공기가 코끝에 스며들었다. 실내 전시관을 보고 나서 야외의 온갖 꽃과 풀과 나무들을 둘러보며 우리는 둘 다 마음이 들떠서 어린아이들처럼 재잘거렸다. 그리고 어쩌다 중간중간 침묵이 이어져도 하나도 어색하지가 않았다. 다미의 눈은 시종일관 순수한 호기심으로 가득차 있었다. 나도 신이 나서 무심코 우산 밖으로 벗어났다가 빗물에 옷을 적시곤 했다.

"우리, 저 위쪽으로 올라가 볼까요?"

하고 내가 다미에게 물었다.

"그럴까요?"

다미의 대답과 함께 우리는 나란히 나무로 된 꽤 긴 계단을 올라갔다. 조금 미끄러운 길을 조심조심 걸어 마침내 꼭대기에 다다랐다.

"와, 멋지다!"

다미가 탄성을 지른다. 나도 눈앞에 펼쳐진 광경에 눈을 크게 뜨고 숨을 들이쉬었다. 산기슭을 따라 이어진 언덕이 온통 흐드러지게 핀 들꽃으로 넘실거렸다. 빗속에서 흔들리는 연보랏빛 꽃들은 그곳으로 성큼 달려가 눕고 싶을 만큼이나 매혹적이었다. 5년만 어렸다면 나는 정말 그렇게 했을지도 모른다.

문득 습관처럼 그녀가 있는 쪽을 돌아다보니 그녀도 나를 보고 있었다. 그녀의 곧고 강렬한 아름다운 눈매에 나는 또다시 가슴이 철렁 내려앉았다. 괜스레 눈을 한두 번 깜박이며 혼자 어색해하다가 씨익 웃었다. 그녀도 활짝 웃으며 다시 앞쪽으로 시선을 향했다.

"좀 더 들어가 볼까요?"
"그러죠."
다미의 응낙에 따라 우리는 꽃밭 한가운데로 난 길을 반쯤 올라갔다. 그때 갑자기 빗줄기가 굵어지기 시작했다. 우리가 쓰고 있는 우산이 원체 작은 우산이어서 우리 두 사람 모두 어깨가 젖었다. 하지만 혼자 우산을 써도 흠뻑 젖을 만큼 비가 억수같이 쏟아지기 시작하자 도저히 걷잡을 수가 없었다. 우리는 거의 소용없어진 우산을 대충 받쳐 들고 어깨동무를 한 채로 산기슭의 커다란 바위 밑으로 뛰어들었다.

우리는 숨을 고르면서 우산을 접고, 젖지 않은 돌 위에 걸터앉아 비에 젖은 머리카락을 손으로 쓸어 넘겼다. 다미는 옆에 앉아 한기(寒氣)로 인해 약간 파르스름하게 질린 입술로 언 손에 입김을 불어넣고 있었다. 그러면서 그녀는 언제나처럼 맑고 이지적인 음성에다가 웃음기를 담아 내게 물어왔다.
"괜찮아요?"

"네. 우리 감기 안 들게 조심해야겠어요."
"후후, 근데 오랜만에 비 맞으니까 기분이 왠지 좋네요."
"맞아요. 나도 그래요."
하고 내가 웃으면서 대답했다.

나는 예전부터 이상한 모험 욕구 같은 것이 있었다. 그래서 중·고교 시절에 방과 후 집으로 돌아갈 때 장맛비가 퍼부어도, 학교 건물 현관에서 우산이 없어 발을 동동 구르던 아이들을 지나쳐 비가 퍼붓는 길로 망설임 없이 걸어 나가곤 했었다.

다미와 나는 뛰느라 비에 젖은 흙이 들어간 신발을 벗어들고 팔을 쭉 뻗어 빗물 속으로 내밀었다. 신발의 진흙이 씻겨 내려가는 광경 뒤로 빗속에서 흔들리는 꽃밭이 흐릿하게 보였다.

나는 참 좋다, 하고 지나가는 말처럼 멍하니 중얼거렸다. 그러고는 아련히 떠오르는 옛 기억을 떠올리듯 생각을 멈추고서 하염없이 앞을 바라보았다. 그러고 있는데 문득 다미가 내 정면으로 시야에 들어왔다.

처음에는 비에 젖은 그녀의 목덜미가, 그 다음엔 미소를 띤 그녀의 입술이, 그리고는 웃음으로 살짝 접힌 그녀의 새벽 바다 빛깔의 눈이 크게 확대되어 내 눈 속으로 들어왔다. 그녀는 어느 샌가 자리에서 일어나 내 앞으로 와서는 허리를 낮추고 눈높이도 맞추고 있었다.

그녀가 내 어깨에 두 손을 얹었을 때도, 내 시선을 사로잡은 그녀의 눈동자가 내게 가까이 다가올 때도, 나는 상황을 미처 파악하지 못하고서 계속 멍하니 있었다.

그녀의 보드라운 입술이 내 입술에 닿았을 때 나는 눈을 한 번 깜빡였다가 다시 감으며 팔을 뻗어 그녀의 촉촉한 머리카락 사이로 손가락을 미끄러뜨리면서 집어넣었다. 그리고 내 목덜미와 등으로 그녀의 혀가 부드럽게 얽히는 순간, 나는 마치 편안한 잠을 자는 것 같다고 생각했다. 정말로 깨어나고 싶지 않은 달콤한 잠이었다.

그녀가 내 어깨에 얹었던 손끝으로 내 쇄골을 쓸었을 때, 나는 내 마음속에 잠들어 있던 장난스런 충동이 서서히 온도를 높여가고 있는 것을 느꼈다. 내 피부의 온도와 가슴의 온도와 머리의 온도가 점점 높아져가면서, 젖은 종이가 손바닥에 매끄럽게 달라붙듯, 내가 나의 체온을 그녀에게 온몸으로 전달했다.

한순간 서늘하게 차갑다가 이윽고 뜨거운 온도로 달아오르는 내 욕망의 양면성이 느껴졌다. 나는 장난스럽게 다미의 카디건을 젖히고 민소매 옷의 어깨끈을 끌어내렸다. 다미가 작게 소리 내어 웃으며 오른팔을 뻗어 내 몸을 살포시 잡아당겼다. 내가 그녀의 브래지어의 후크를 미숙한 솜씨로 풀었을 때, 그녀가 나를 끌어당겨 우리는 그대로 꽃밭 위에 풀썩 쓰러졌다.

꽃향기가 비 냄새에 섞여 바람을 타고 물씬 풍겨왔다. 조금 가늘어진 빗줄기가 우리의 얼굴을 간지럽혔다. 우리는 누운 채로 서로의 얼굴을 마주보고 웃다가 내가 재빨리 먼저 일어났다. 우와, 다미 씨 가슴 진짜 예쁘다. 나는 무심코 탄성을 질렀다.

내가 비록 아름다운 그녀를 바라보기만을 더 좋아하더라도, 가끔 그녀의 가슴을 만져 보고 싶을 때가 있었다. 비에 젖은 채 드러난 새하얀 다미의 가슴 위로 손을 미끄러뜨렸다. 다미는 간지럼을 타는 듯이 웃다가 내 목을 끌어당기고는 내 재킷을 벗겨내렸다.

그녀는 웃으면서 나의 왼쪽 목덜미에 키스 마크를 만들고 나서 물었다.

"입 맞춰도 돼요?"

"당연하지요."

나는 내 가슴을 부드럽게 어루만지는 다미의 손길에 마음속으로 기쁨의 웃음이 나왔다. 다미는 보드라운 손길로 내 가슴을 마사지하듯 주무르다가, 손끝을 내 코에 대면서 장난스럽게 서로의 코끝을 맞댔다.

"당신은 가슴이 좁아서 열등감을 느낀다고 했지요? 저랑 너비가 비슷한가요?"

그녀가 말했다.

"잘 기억하시네요. 내 신체 콤플렉스를요."

하고 내가 대답했다.

내가 덜덜 떨면서 손가락 끝으로 다미의 유두와 그 주변을 간질이자 그녀가 몸을 움츠리며 웃었다.

내가 큰맘 먹고서 고개를 숙여 입술 끝으로 다미의 젖꼭지를 살짝 물자, 그녀는 털썩 누워서 가슴으로 숨을 몰아쉬었다. 그녀의 쇄골 언저리에 빗물이 살짝 고여 있었다.

"흐웃, 하아…… 짓궂어요."

하고 다미가 말했다.

"음…… 그래요? 오랜만에 들어보는 얘기라 반갑네요."

내가 웃으면서 그녀에게 대답해주고 나서, 내 혀로 그녀의 유두를 살짝 핥았다. 비에 젖어 색이 한층 짙어진 그녀의 머리카락이 머리통에 찰싹 달라붙어 있었다.

다미의 손이, 내 벌어진 두 다리를 제치고서 내 허벅지를 살며시 쓰다듬었다. 갑작스레 짜릿한 느낌이 들면서, 내 몸이 살짝 경련을 일으키며 그녀를 살며시 안았다. 물기를 흠뻑 머금은 다미의 입술이 유혹적인 원(圓)을 그리며 벌어졌다.

"아아, 진짜 예쁘다. 다미 씨의 입술, 아……."

하고 내가 말했다. 다미는 그녀의 입술을 내 가슴에서 배로, 허리로, 허벅지로 미끄러뜨렸다. 마치 바다 위를 순항하는 배처럼 기분 좋은 매끌거림이 내 피부로 전해져 왔다.

다미가 내 팔을 잡고서 내 몸을 일으켜 세우고는 내 가슴에 그녀의 입술을 묻었다. 내 피부를 강한 흡착력으로 빨아들이는 느낌에 황홀해하며 나는 고개를 젖혔다.

이번엔 척추를 따라 내리긋는 그녀의 손톱이 느껴져서 나는 흠칫 몸을 떨었다. '정말 뜨거워…….' 나는 마음속으로 이렇게 중얼거리며 다미의 머리카락 사이에 내 손을 끼워 넣고 느리게 마찰시키면서 애무했다.

어느새 흠뻑 젖어버린 두 몸뚱어리가 서로에게 이끌려 들어갔다. 골치 아픈 현실을 잊고서 서로의 손가락 끝으로 상대방의 육체를 자극하고, 찾아올 듯하면서도 찾아오지 않는 사랑의 절정감에 안달을 했다.

서로가 젖은 몸을 맞대고서, 쾌감 때문에 떨리고 있는 눈 끝에 방울져 맺힌 빗방울을 핥았다.

우리는 숲의 초록색 파도에 둘러싸여 서로의 몸을 느꼈다. …… 온몸의 근육이 일시에 수축했다가 걷잡을 수 없이 떨려오면서 시야가 아득해졌다. 그때 나는 황홀경 속으로 한없이 떨어져가는 나를 도저히 걷잡을 수 없다는 것을 깨달았다.

나는 문득 휘젓듯이 손을 뻗었다. 절박한 쾌감에 떨고 있는 내 손 안에서 꽃송이 하나가 이지러졌다. 흡사 찔러오기라도 하는 듯 나를 향해 빗줄기를 떨어뜨리는 하늘을 눈부신 환

희의 눈길로 바라보았다.

　　그러다가 나는 나른하고 온화한 다미의 손길에 이끌려 털썩 몸을 뉘었다. 쾌감의 밀물과 썰물 가운데서 오직 그녀의 그윽하고 아찔한 향기만이 선연했다. 통째로 내 정신을 휩쓸고 보듬어서 가져가버릴 것만 같은, 아득한, 그녀의, 향기.

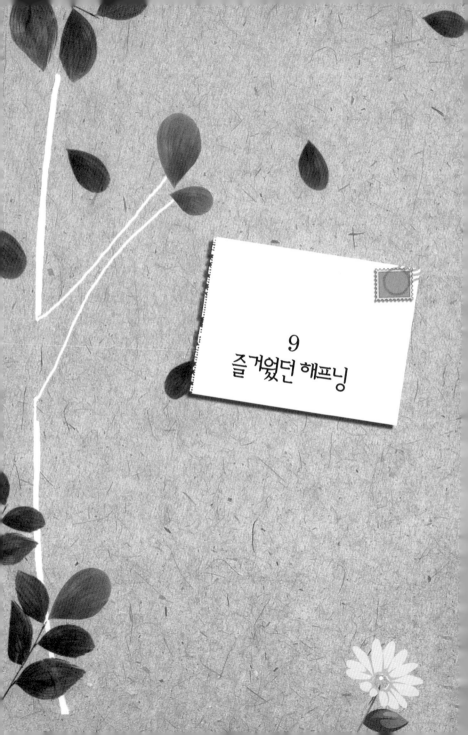

9
즐거웠던 해프닝

즐거웠던 해프닝

다미와 나는 여기저기를 함께 쏘다니며 한껏 즐거웠다. 그러나 낭패를 본 적도 있었다. 그것은 둘이서 북한산 세검정 코스로 승가사(僧伽寺)까지 올라갔을 때의 일이었다. 다른 때는 승가사까진 올라가지 않고 그 전에 멈춰 사람 없는 작은 계곡에서 놀다오는 게 보통이었는데, 그날따라 나는 승가사를 한번 구경해보고 싶어졌다.

과연 승가사는 꼭대기에 있는 절이라 거기서 내려다보는 서울의 전망이 굉장히 좋았다. 그리고 비구니들의 사찰이라서 절 안팎이 매우 정갈하고 우아하였다. 또 절 뒤에 있는 약수의 맛도 일품이었다.

승가사 구경을 마친 후, 우리는 절 근처에서 고기를 구워 먹으며 술을 마시려고 마땅한 장소를 찾았다. 그런데 많은 등산객들 때문에 아담하고 조용한 장소를 물색하기가 어려웠다.

그래서 나는 사람들이 없는 곳을 골라 자꾸만 위로 올라갔다. 한참을 올라가자 아늑하고 고즈넉한 숲속의 빈터를 찾아낼 수 있었다. 그래서 거기에다 자리는 펴놓고 버너 위에 돌판을 올려놓고서 고기를 굽고, 그걸 안주삼아 소주를 마시며 한참동안 신나게 지껄여대며 놀았다.

다미가 술이나 안주를 입속에 머금었다가(때로는 씹기까지 해서) 내 입에 넣어주었던 것은 정말 황송한 서비스였다. 그럴 때마다 나는 그녀의 입에서 내 입술을 떼지 않고 한참을 둘러붙어 '끈끈한 사랑'을 타액에 섞어 나누기도 하였다.

그런데 그때 갑자기 웬 험상궂게 생긴 군인 한 명이 우리 앞에 나타나는 것이었다. 계급장을 보니 졸병이었다. 그 군인은 험악한 표정으로 우리를 노려보며 여기서 뭘 하고 있느냐고 물었다. 그래서 나는 등산을 와서 같이 놀고 있는 거라고 대답했다. 그랬더니 그 군인은,

"이곳은 출입금지 구역이요. 아무튼 같이 우리 부대로 갑시다. 취조를 해봐야겠소."

아닌 밤중에 홍두깨라고, 나는 수없이 북한산 세검정 코

스로 등산을 왔었지만 이런 일은 처음이라 어안이 벙벙했다. 산꼭대기에 군 부대가 있다는 사실을 나는 꿈에도 몰랐던 것이다.

군인이 총으로 위협을 하는 바람에 나와 다미는 하는 수 없이 그 군인을 따라 갈 수밖에 없었다. 한참을 올라가니 확 트인 장소가 나오고 과연 군 부대가 있었다. 아마도 수도방위 사령부에 속한 부대인 것 같았다.

그 군인이 막사에 들어가 보고를 하자 곧이어 상사 계급장을 단 사람이 나왔다. 그가 우리에게 신원을 물어보아, 나는 내가 연세대학교 학생이고 다미는 이화여대 학생이라고 대답했다. 그랬더니 그 상사는,

"대학생이라는 자식이 순진한 여대생을 꼬셔가지고 이렇게 산에 와서 놀아도 되는 거야?"

라고 험악한 어조로 말하면서 내게 신분증을 보여 달라고 주문한다. 그래서 나는 그에게 학생 신분증을 꺼내서 보여주었다. 그렇지만 상사는 증명서를 보고 나서도 우리를 놓아주지 않았다. 그리고는,

"어쨌든 이곳은 민간인 출입금지 구역이야. 규율을 어겼으니 기합을 좀 받아야겠다."

라고 말하며 나와 다미에게 '쪼그려 뛰기'를 시켰다. 나는

기합을 받는 것 자체보다도, 이런 일을 당한 나 자신이 다미 보기에 너무나 부끄러웠다.

상사는 그밖에도 여러 가지 기합을 우리에게 시켰는데, 그러는 사이에 여러 명의 군인들이 몰려나와 실실 웃어가며 우리가 기합 받는 모습을 재밌다는 듯 구경하고 있었다.

한 시간 이상이나 우리는 기합을 받았다. 정말 쥐구멍에라도 들어가고 싶은 심정이었다. 그러다가 우리는 중간에 구경하러 나온 어떤 장교에 의해 구출되었다. 그는 내게 일장연설을 하고 난 후, 드디어 우리를 풀어주었다. 십년감수하는 기분이었다.

다미와 나는 서둘러 짐을 싸들고 산에서 내려왔다. 뒷맛이 그렇게 찜찜할 수가 없었다. 그래서 뒤풀이로 근처의 술집에 들어가서 디립다 술을 마셔댔다. 그렇지만 한참 세월이 흐른 후인 지금에 와서 생각해보면, 그런 식의 황당한 해프닝 역시 감미로운 추억이 되어 남았다.

또 한 가지 강렬한 추억으로 남아 있는 것은, 어느 주말에 둘이서 신촌에 있는 '우산 속'이라는 고고클럽에서 실컷 춤추며(물론 고고 춤만은 다미 혼자서 신나게 몸을 흔들어대는 경우가 많았지만) 논 후, 그날 밤은 물론이고 그 이튿날에도 헤어지기가 아쉬워 하루 종일 여관방 안에서 술 마시며 서로 대화를 나누었던 일이다.

나는 물론 집에다 전화를 걸어, 이런저런 핑계를 대면서 외박을 할 수밖에 없다고 얘기했다. 그런데 다미는 집에 전화도 하지 않고 태연히 있는 것이었다. 아마 늘상 남자들과 외박을 해온 모양이었다.

아무리 서로 잡담 비슷한 '썰'을 풀어대도 전혀 싫증이 나지도, 피곤하지도 않았다. 나중에 여관방을 나오게 된 것도, 지루해져서가 아니라 내가 집안에서 너무 걱정할 것을 두려워해서였다.

그때 우리가 같이 대화를 나누면서 밤을 지새웠던 여관은 신촌에 있는 '장미여관'이었다. 지금은 한물간 여관으로 치지만 그 당시엔 새로 지은 고급 여관이었던 것이다. 특히 지하에 있는 룸 카페는 물이 좋고 인테리어가 세련된 것으로 유명했었다.

10
후희(後戲)와 후회(後悔)

후희(後戲)와 후회(後悔)

다미와 나는 카페들이 늘어서 있는 명동 거리를 걸어가고 있었다. 당시의 명동은 유럽풍의 화사한 카페들이 밀집해 있는, 요즘의 청담동이나 홍익대 앞 거리 못지않게 꽤 세련된 거리였다. 거리를 지나다니는 사람들이 대개가 다 젊은 남녀들이었다. 컬러풀한 복장들과 다양한 헤어스타일들이 그런 대로 세련된 느낌을 주었다. 토요일 오후 네다섯 시쯤 되는 시각이었다.

나는 회색 골덴 양복에 회색 바지를 입고 있었고, 속에는 갈색 티셔츠를 입고 있었다. 다미는 아래 위 모두 하얀 색으로 된 옷을 걸치고 있었다. 골반 아랫부분이 타이트한 미니스커트였다. 스커트 길이가 너무 짧아 간신히 치부(恥部) 근처를 가리면서, 그 아래로 허벅지와 쭉 뻗은 다리가 그대로 노출돼 있었다. 옷감의 재질이 수축성 있는 스판덱스이긴 하지만, 너무나 타이트하게 꽉 끼는 탓에 그녀의 걸음걸이가 무척이나 느리고 또 힘들어 보였다.

윗도리로 걸친 옷이 아주 특이했다. 하얀 맨살이 거의 다 그대로 드러나 옷이라고 하기도 어려운 옷인데, 광택 나는 새틴 옷감으로 된 여러 줄의 흰색 끈이 어깨에서 젖가슴을 거쳐 스커트까지 얼기설기 불규칙하게 엇갈리며 이어져 있었다. 두 젖꼭지 부분만은 끈과 끈을 여러 겹 엇갈리게 접속해 놓고 바느질로 고정시켜 젖꼭지가 살짝 가려지도록 만들어 놓았다. 그러나 그녀가 움직일 때마다 여러 줄의 끈들이 불안하게 꼬이고 얽혀 흐트러지면서 두 젖꼭지가 살짝살짝 드러났다.

그때가 프랑스의 68혁명 직후라서, 서구에서 젊은이들 사이에 번지고 있는 프리섹스 운동과 히피즘 등이 한국 젊은이들 사이에 유행되고 있었다. 그래서 여인들의 옷차림이나 화장, 또는 치장이 요즘보다 훨씬 더 야했다. 에로틱한 전위적 의상과 짙은 색조화장, 그리고 별의별 헤어스타일들이 무척이나 퇴폐적이었고, 젊은 남자들 중 상당수가 머리를 장발로 기르고 다녔다. 그리고 젊은이들 사이에 대마초 흡연이 무서운 속도로 퍼져나가고 있었다.

청춘
142

다미의 얼굴은 보면 볼수록 희었다. 그녀의 피부 빛은 흔히들 "백지장같이 희다"고 말하는 여인들의 얼굴빛보다 훨씬 더 희었다. 마치 푸른색 잉크를 한 방울 떨어뜨린 물에 담가, 희미하게 남은 마지막 누런 기운마저 가차 없이 제거해버린 와이셔츠와도 같은 창백한 흰빛이었다.

더구나 하얀 피부의 얼굴에선 더 드러나기 쉬운 기미나 주근깨 같은 자잘한 잡티가 전혀 없기 때문에, 그녀의 얼굴엔 말로는 설명하기 힘든 애틋하면서도 우울한 기운이 서려 있었다.

그런 창백한 안색에 맞게 그날따라 그녀의 눈빛은 구름이 낮게 드리워진, 그러나 비는 오지 않는 하늘 같은 짙은 잿빛이었다. 눈빛과 피부 빛깔만으로 보면 그녀의 얼굴은 흡사 오래된 흑백 영화를 보고 있는 듯한 느낌을 주었다. 립스틱을 안 바른 입술은 물론 붉은 빛을 띠고 있지만 희미한 핑크색에 가깝고, 관자놀이에 어려 있는 푸른 실핏줄들은 그녀의 핼쑥한 안색을 더욱 극한으로 몰아가고 있었다. 강하게 표백돼버린 듯한 그녀의 얼굴과 옅게 갈아놓은 먹물빛 같은 그녀의 눈. 일부러 몸을 태워 반들거리는 갈색으로 만드는 여느 여자들에 비해 볼 때, 그녀의 얼굴빛은 몹시나 고전적이었다.

다미는 아주 하얀 색의 가발을 쓰고 있었다. 가발이 드물 때여서 그녀의 헤어스타일은 무척이나 도드라져 보였다. 머리카락의 길이는 등을 다 덮을 정도였고, 꼬불꼬불하게 파마가 되고 크게 볼륨을 준 수사자 머리 같은 스타일이었다.

로마시대의 궁녀들이나 귀족 부인들이 했던 헤어스타일같이 좌우의 머리가 뺨을 가리면서 일정한 길이로 내려오고, 이마는 세로로 가운데까지 머리카락으로 덮여 있었다. 머리 위에서는 뱀 한 마리가 똬리를 틀고 있었다. 아니 진짜 뱀이 아니라 뱀 모양의 금속제 장신구인데, 진짜로 살아서 꿈틀대고 있는 것처럼 보였다.

다미의 몸에는 머리 위의 뱀 말고도 다시 또 두 마리의 뱀이 부착돼 있었다. 그녀의 양 발목에도 황금색 뱀이 꿈틀대며 둘러져 있는데, 뱀 모양의 발찌와 발찌 사이를 30에서 40센티미터쯤 되는 길이의 가느다란 은빛 사슬로 연결시키고 있었다. 그래서 그녀는 꽉 끼는 미니스커트에다가 발목과 발목을 연결해주는 짧은 사슬이 더해져 걸음걸이가 한결 더 불편해 보였다. 아니, 그녀의 걸음걸이는 불편하다기보다는 불안했다. 그래서 더 우아해 보였다.

게다가 다미가 신고 있는 샌들형의 하이힐이 너무나 높은 굽으로 되어 있기 때문에 그녀의 걸음걸이를 더욱 불편하게 만들어주고 있었다. 높은 굽도 높은 굽이지만, 그녀가 걸을 때 힘을 실을 수 있는 샌들 앞부분에 접속된 황금색 가죽끈이 너무 좁고 가늘었다. 발가락들 위로 실처럼 가는 끈 한 개만이 가로지나가 그녀의 앞발과 샌들 바닥을 연결시켜주고 있었고, 뒤꿈치에도 역시 한 개의 가는 가죽끈이 샌들과 발목을 간신히 이어주고 있었다.

다미는 불편하고 불안한 걸음걸이로 한 발짝 한 발짝 매우 우아하게 움직이고 있었다. 마치 저속도로 돌아가는 영화의 한 장면을 보고 있는 것도 같고, 술에 취한 나비가 한들한들 부자연스럽게 날갯짓을 하고 있는 것도 같았다. 다미의 희디 흰 피부가 흰 가발 때문에 더욱 창백하게 빛나고 있었다. 구름이 하늘을 음울하게 덮고 있어 그녀의 피부가 햇볕에 탈 염려는 없을 것 같았다. 그러고 보니 그녀는 햇볕이라고는 도무지 평생동안 단 한번도 쬐어본 적이 없는 여자처럼 보였다.

이를테면 다미의 얼굴은, 극단적인 금욕주의를 신조로 하는 밀폐된 수녀원 안에 갇혀 평생을 지내는 수녀들의 얼굴 같아 보였다. 그런 수녀원의 수녀들은, 얼굴을 노출하는 것조차 타인에게 음욕을 품게 만드는 죄를 범하는 것으로 간주하는 수녀원의 규칙 때문에, 얼굴을 눈만 빼놓고서 몽땅 검은 천으로 가리고 있다. 그래서 얼굴뿐만 아니라 온몸의 피부 빛이 병적(病的)으로 창백할 수밖에 없고, 그래서 아이러니컬하게도 더 섹시해 보이는 것이다.

나와 다미는 한 카페를 골라 그 안으로 들어갔다. 카페 안에는 대학생으로 보이는 젊은 남녀들이 좌석을 반쯤 메우고 있었다. 당시의 명동 거리는 일종의 대학가와도 같았다.

카페 한쪽은 칵테일 바로 돼 있고 그 앞엔 꽤 고급스런 테이블과 홈스펀 천으로 된 소파 형태의 크고 편안한 의자들이 놓여 있었다. 그리고 구석에는 칸막이로 가려진 서너 개의 룸 비슷한 곳이 마련돼 있었다. 그렇지만 완전히 밀폐된 룸은 아니었다.

카페 안의 인테리어와 조명이 꽤나 세련되게 꾸며져 있었

다. 카페의 천장과 실내 구석구석에서 은은히 뿜어져 나오는 연한 하늘색의 파리한 불빛이 곱게 보였다. 그 불빛은 어느 누구라도 외로움에 흠뻑 젖게 만들어 사랑을 하지 않으면 안 되게끔 만들어버리는, 다시 말해서 센티멘털하게 흥분시켜 버리는, 그런 묘한 힘을 가지고 있는 것처럼 보였다.

다미와 나는 카페 안에 들어서서 여기저기 시선을 보내보다가 룸이 있는 것을 발견했다. 그러나 룸이 다 손님들로 차 있다는 것을 웨이터를 통해서 알고서, 칵테일 바(bar)로 가서 자리를 잡고 앉았다.

내가 바텐더에게 맥주를 주문했다. 다미가 부잣집 딸이라는 걸 분명하게 알게 된 뒤부터, 나는 데이트 비용을 다미가 부담해도 별로 창피해하지 않게 되었다. 그래서 비싼 술도 거침없이 시켜 마실 수 있었다. 다미는 칵테일을 마시겠다고 하며 무슨 칵테일이 준비되느냐고 바텐더에게 묻는다. 그러자 바텐더가 칵테일의 이름들이 적혀 있는 꽤나 고급스럽게 제본된 차림표를 그녀에게 건네주었다.

'피나콜라다'나 '스트로베리 데퀴르' 같은 칵테일 이름이 우선 눈에 들어왔다. 그때 바텐더가 빙그레 웃으면서,

"우리 가게에는 50여 종의 칵테일이 준비되어 있지요."

하고 자랑스럽게 말했다.

다미가 다시 차림표로 시선을 옮겼다. '정글 주스'와 '롱

아일랜드 아이스 티'가 다시 눈에 들어왔다. 그리고 '섹스 온 더 비치'나 '오르가슴' 등 호기심을 자극하는 칵테일의 이름도 눈에 들어왔다.

그때 내가 다미를 따라 차림표를 보다가 '섹스 온 더 비치'에 눈길이 미쳐 바텐더에게 물어보았다.

"섹스 온 더 비치가 대체 어떤 술이에요?"

바텐더는 신이 나서 대답했다.

"섹스 온 더 비치는 포도 맛과 콜라 맛, 그리고 위스키의 씁쓸한 뒷맛이 어우러진 술이지요."

나는 해변가에서 벌이는 섹스의 황홀함을 연상하면서 재미있다는 듯 희미하게 미소 지어 주었다.

다미는 잠시 생각하다가 드디어 '오르가슴'을 주문했다. 바텐더가 춤추듯 우스꽝스런 동작으로 '오르가슴'을 만들어 물 한 컵과 함께 내어놓았다.

"아시죠? '오르가슴'은 두 개의 층으로 되어 있지요."

하고 바텐더가 말했다.

"첫 번째는 부드럽고 달콤한 크림 층이고 두 번째는 마치 목 안에 불을 지피는 것 같은 뜨거움을 맛볼 수 있는 위스키 층이지요. 굳이 사족을 달자면 크림 층은 전희(前戱)를, 위스키 층은 절정을 의미하지요."

"그럼 물은 왜 따라 나오죠? 술의 양이 너무 적어서 그런

가요?"

하고 다미가 바텐더에게 물었다. 바텐더는 잠시 생각에 잠 겼다가 히죽이 웃으면서 대답했다.

"글쎄요……. 목 안 가득히 화끈하게 달아오른 뒤에 마시 는 물 한 모금은 후회를 뜻하는 게 아닐까요."

이때 내가 두 사람의 대화에 끼어들었다.

"후회라고 했나요? 후희(後戲)가 아니구요?"

그러자 바텐더는 힘주어 대답했다.

"네, 후회(後悔)지요, 후희(後戲)가 아니라."

11
권태

권태

북한강 바로 옆에 통나무로 지어진 북유럽풍(風)의 주막
이 있다. 나는 다미와 함께 홀 구석 창가에 있는 낡은 떡갈나
무 테이블을 사이에 두고 마주 앉아 있었다.

테이블 위엔 석유램프가 놓여 있어 예스러운 운치를 풍겼
다. 하지만 달빛이 램프 불빛보다 더 환하게 느껴질 정도로
램프에서 뿜어 나오는 빛은 흐릿했다.

창밖으로 둥근 달이 올려다 보인다. 달이 중천에 높이 솟
아 있는 것이 멋있어 보였다. 우리 두 사람은 택시로 한참을
달려와 이곳에 머물고 있었다.

주막 안에는 손님들이 별로 없었다. 우리 두 사람 말고는

대학생으로 보이는 젊은 남자 두 명과 젊은 여자 한 명이 앉아 있을 뿐이었다. 그들은 별 이야기 없이 조용히 술을 마시고 있었다.

주인으로 보이는 턱수염을 기른 60대의 남자가 한가롭게 벽난로 옆에 앉아 파이프 담배를 피우며 책을 뒤적이고 있다. 심부름하는 일을 보고 있는 얼굴에 주근깨가 많은 소녀는 졸린 얼굴로 입구 오른쪽 벽에 몸을 기대고 서 있다.

나는 술을 천천히 음미하듯 마시며 옆에 난 창문을 통해 강 건너편에 있는 나루터를 바라보고 있었다.

이어서 나는 달빛 아래 칙칙한 윤곽을 드러내고 있는 나루터 뒤의 산을 보았다. 그리고 또 옅은 구름 사이로 달이 지나가고 있는 하늘을 보았다.

달빛 때문에 흰 띠를 두른 것처럼 보이는 강 건너편의 백사장이 보이고, 백사장 뒤에 빽빽이 심어져 있는 침엽수들이 흐릿하게 눈에 들어왔다.

산도 강도 나무도 모두 다 어쩐지 불안한 고요 속에 파묻혀 있었다.

적막감을 느끼게 하는 잔잔한 공기. 바람 한 점 없었다.

나는 맞은편에 앉아 있는 다미를 바라보았다. 다미는 몽롱한 눈빛으로 창밖을 내다보고 있었다.

그녀는 아무 생각도 없는 것처럼 보이기도 하고, 심각한 사색에 빠져 있는 것처럼 보이기도 했다.

다시금 느껴지는 더위. 밤이 됐는데도 별 변화가 없었다.

미지근한 열기를 품고서 흐르고 있을 게 분명한, 피곤에 지쳐 보이는 강물.

한여름 밤의 나른함과 고독감.

다미는 두 손을 깍지 껴 턱을 고이고 앉아 있었다. 형광등 같은 광채를 내는 그녀의 희디흰 손가락들이 주황색 램프 불빛을 받아 더욱 음산한 빛으로 번쩍거렸다.

다미가 걸치고 있는 금빛 옷이 둔탁한 빛을 내며 음울한 빛을 발하고, 그녀의 머리카락 중간중간에 드리워져 있는 하얀 리본들이 힘겹게 반짝거리고 있었다.

다미가 고개를 돌려 나를 바라보았다. 우리 두 사람의 눈이 다소 어색하게 마주쳤다. 무언가 찜찜한 기분으로 다가오는 거리감.

나는 서로 마주 앉아 있다는 사실이 피곤하게 느껴지면서, 그녀 옆에 가서 앉는 게 낫겠다고 생각했다. 그러나 이상하리만치 조용하여 어쩐지 감시를 당하고 있는 듯한 느낌마저 감도는 주막 안의 분위기가, 나를 그대로 눌러앉아 있게 했다.

주막 안은 대학생 차림의 손님들이 소곤거리며 이야기하는 소리가 가끔 들릴 뿐 대체로 활기가 없었다. 처음 주막에 들어왔을 때는 낡은 레코드로 틀어주는 탱고 음악이 흘러나왔었는데, 판이 다 돌아가고 나자 주인은 더 이상 음악을 틀어주지 않았다. 누군가 틀어주기를 기다리는 듯, 벽난로 위에는 기타 하나와 밴조 하나가 나란히 세워져 있었다.

나는 다시금 맞은편에 앉아 있는 다미를 바라보았다. 다미는 눈을 반쯤 내리깔고서 술잔을 응시하고 있었다. 그래서 내려덮인 긴 속눈썹이 새삼스레 길게 느껴지고, 그녀의 입술에 옅게 발라진 립그로스도 두드러지게 드러나 보였다.

나는 그녀의 시선을 의식하지 않고서 그녀의 얼굴을 바라보기만 할 수 있어서 좋았다. 내가 머릿속에서 상상하며 환상적으로 뻥 튀겨진 칫솔처럼 아니 빗자루처럼 보이는 엄청나게 두텁고 긴 속눈썹이, 그녀의 눈 밑에 검은 그림자를 짙게 드리우고 있었다. 그래서 그녀의 뺨은 더 어두워 보이고, 그녀의 얼굴에 깃든 우수(憂愁)가 몹시도 센티멘털한 분위기를 자아냈다.

문득 내 가슴에서 물큰 솟아오르는 어린시절의 향수. 더불어 따라오는 빨리 흘러가는 시간의 아쉬움, 아니 청춘이 지나가는 것의 두려움. 자궁 속으로 되돌아가고픈 간절한 열망. 자궁 속에 갇혀 불편하게 속박된 상태로 있었던 태아 시절에의 그리움과 향수.

다미의 백설탕처럼 희고 창백한 얼굴과 연필같이 갸름한

손, 우아한 뾰족구두 같은 것들이 가져다주는 불편하고 불안한, 그러나 탐미적인 외모에 대한 선망.

나는 그녀의 길디긴 손가락들이 갸름한 손톱보다 오히려 더 행복한 불안감과 불편감을 줄지도 모르겠다고 생각했다. 손톱은 마음만 먹으면 길게 기를 수 있는 것이지만, 손가락들은 자라나지 않는 것이기에 길게 만들려면 고도로 정밀한 성형수술을 해야 할 수밖에 없기 때문이었다.

길디긴 손가락들은 언제 부러질지 몰라 늘 불안할 수밖에 없고, 그래서 마음이 불편할 수밖에 없다. 하긴 좁은 허리라 해도 그녀의 허리처럼 도저히 믿기지 않을 만큼 좁은 허리라면, 언제 부러질지 몰라 긴 손가락보다 더 불안할 수도 있다.

나는 이런 생각에 잠겨 다미의 창백한 얼굴과 날씬한 몸매를 다시 새삼스레 바라보았다. 그리고 그녀의 타고난 탐미성과 부유하고 귀티 나는 젊음에 대해 선망을 뛰어넘는 질투를 느꼈다.

다미가 내렸던 눈을 올려 뜨고 나를 바라본다. 그녀의 눈빛이 어쩐지 나를 원망하고 있는 것처럼 보였다.

다미는 눈을 가늘게 뜨고 나에게 이렇게 말하고 있었다.

"왜 당신은 내 마음보다 내 몸뚱어리의 아름다움만 좋아하는 거죠?"

나는 다미에게 무언가 낭만적인 분위기의 말이라도 몇 마디 건네고 싶었다. 하지만 할 말이 딱히 머리에 떠오르지 않았다.

다시 창밖으로 돌려지는 나의 시선. 내 시야에 들어오는 창백하도록 교교(皎皎)한 달빛. 그리고 들릴 듯 말 듯 나직한 신음소리를 내며 흘러가고 있는 강물.

강물은 미처 바다에 못 가 속을 끓이며 안달을 하고 있는 것처럼 보였다. 그래서 오히려 앞으로 흐르기보다 아래로 아래로 가라앉아 가고 있는 것 같았다.

나는 계속해서 강물을 바라보면서, 나도 강물처럼 더 빨리 흘러가려고 조바심 치고 있는 것은 아닐까, 하고 생각해보았다. 더 빨리 흘러가 바다처럼 어두컴컴한 죽음에 닿으면, 다시 말해서 마지막 종착지인 무덤에 닿으면, 훨씬 안정된 기분과 편안한 안식이 기다리고 있을지도 모르기 때문이었다. 무덤은 꼭 자궁같이 생겨 어쩐지 포근한 안도감과 평정감(平靜感)을 보장해줄 것 같았다.

나는 다시금 주막 안으로 시선을 돌려보았다. 대학생으로 보이는 세 명의 젊은이들 가운데 얼굴빛이 해맑은 청년이 벽난로 있는 쪽으로 가 기타를 집어 들고 있었다. 아마도 노래를 부르려는 모양이다.

내 입에서 작은 안도의 한숨이 새어나왔다. 이제야 비로소 어색한 정적과 피곤한 사변(思辨)으로부터 벗어날 수 있을 것 같은 생각이 들었기 때문이었다.

나는 다미의 눈동자를 바라보았다. 그녀도 기타를 집어 들고 있는 청년을 바라보고 있었다.

나는 다미의 시선이 청년의 얼굴로 가 머물고 있는 것을 확인하며 문득 애수 어린 질투심을 느꼈다.

다미는 여전히 팔꿈치를 테이블 위에 올려놓고 두 손을 깍지 낀 상태로 턱을 괴고 앉아 있었다. 그래서 휘늘어진 그녀의 길고 흰 손가락들과 1센티미터 정도로 기른 조붓하고 날씬한 손톱들이 더욱 두드러져 보였다. 손가락 끝에서 삐져나와 앙증맞게 뻗어나간, 매니큐어 칠을 안 한 희고 깔끔한 손톱은, 측면에서 바라볼 때 그 날렵함을 가장 확연하게 실감할 수 있고, 그래서 기형적으로 긴 손가락들이 만들어내는 경이로운 병약미(病弱美)의 미학을 확실하게 체득할 수 있었다.

다미가 계속 다른 청년 쪽을 주시하고 있기 때문에, 나는 이제 다미의 시선을 의식하지 않고, 아니 그녀 자체를 의식하지 않고, 오직 그녀의 얼굴과 상체만을 마음껏 감상할 수 있었다. 그래서 나는 조금 아까 문득 빠져들었던 애수 어린 질투심에서 벗어나 한결 편안한 마음이 되었다.

청년 손님이 의자에 앉아 기타 줄을 고르고 있었다. 이어

서 그가 기타 반주에 맞춰 노래를 부르기 시작했다. 젊은이답
지 않게 우울하게 가라앉은 음색이었다.

시를 읊듯 중얼거리는 조(調)의 노래가 주막 안에 은은히
울려 퍼졌다. 나는 마치 프랑스의 상송을 듣는 기분을 느끼며
노래에 빨려 들어갔다.

내 나이 아직 어렸을 때에
나는 빨리 어른이 되고 싶었지
어른만 되면 모든 꿈을 이룰 수 있을 것 같았지
그러나 나는 지금 꿈을 이룰 수 없네
나는 이미 어른이기에.
안쓰럽게 푸른 새싹으로 올라와
한스럽게 다 자란 싹으로 피어났던
애닯고 허무했던 나의 희망이여

어쨌든 내겐 아직 희망이 필요하지만
이 얄미운 목숨을 지탱하기 위한
멍텅구리 같은 희망이라도 필요하지만
그래도 나는 희망을 이룰 수 없네
나는 이제 자라나는 나무가 아니라
점점 죽어가는 나무이기에

청춘

나는 벌써 어른이기에.

뒤섞인 나날 속에 지쳐 누운 추억의 그림자
초라한 기억 속에서 안간힘 쓰며 꿈틀대는
이 사랑, 이 욕정, 이 본능!
그러나 나는 사랑을 이룰 수 없네
아, 나는 어른이기에
절망보다 오히려 더 두려운 희망을 믿기엔
이미 너무나 똑똑해져버린
……서글픈 어른이기에.

노래가 끝날 때까지 다미는 계속 무표정한 얼굴로 있었다.
노래가 끝나자 그녀는 역시 무표정한 얼굴로 박수를 쳐준다.
노래에 감동했기 때문에 치는 박수가 아니라 그저 의무적으
로 치는 박수인 것 같았다.

그래서 그녀가 치는 박수는 두 손바닥을 힘없이 마주치게
하는, 그저 박수 치는 시늉에 가까웠고, 거의 소리가 나지 않
는 벙어리 박수였다.

나는 다미가 박수 치는 모습을 보면서, 다시 한번 그녀가
갖고 있는 '우울증'의 미학을 확인했다. 그리고 될 수 있는 대
로 큰 소리를 만들어내려고 노력하면서 힘껏 박수를 쳐줬다.

주막 안의 다른 사람들은 박수를 치지 않았다. 그래서 내가 치는 박수 소리만 텅 빈 주막 안을 울렸다.

주인 남자는 여전히 책을 들척거리고만 있었고, 심부름하는 소녀는 구석 테이블에 앉아 두 팔에 얼굴을 묻고 잠들어 있었다. 노래를 부른 청년의 친구 되는 두 남녀의 표정이 왠지 시큰둥해 보였다. 아마 꽤 자주 들었던 노래라서 그런 것도 같았다. 그들의 시선은 다미의 등 뒤로 길게 드리워진 금빛 상의(上衣)로만 가 있었다.

나는 청년이 부른 노래를 듣고 나서 애틋한 감상(感傷)과 비감 어린 회억(回憶) 속에 빠져들었다. 처음 들어보는 노래라서 가사 내용을 확실히 음미할 순 없었지만, 마치 나의 심정을 대신 노래로 표현해준 것처럼 느껴졌기 때문이었다. 나는 이 노래를 젊은 사람이 부르기보다는 더 늙은 나이의 사람이 부르는 게 훨씬 더 어울릴 것 같다고도 생각했다.

나는 다시 창밖의 강물로 시선을 돌렸다. 내 머릿속으로 여러 가지 생각이 복잡하게 스치고 지나갔다.

나는 우선 이 노래가 노래를 부른 청년에 의해 직접 작사 작곡된 것이라면, 그건 너무 엄살을 떤 것이라고 생각했다. 가사 내용으로 보아 '어른'이란 말은 대학생 또래보다는 훨씬 더 나이 먹은 사람한테 해당되는 말이라는 생각이 들었기 때문이었다. 내가 보기에 노래를 부른 청년은 어른이 아니라

'나이든 소년'이라야 맞을 것 같았고, 10년 후쯤에 가서야 그 가사의 문맥에 합당한 '어른'일 수 있을 것 같았다.

그 노래를 부른 청년이 벌써 희망을 포기한 '죽어가는 나무' 곧 '어른'이라면, 그래서 이제 앞으로는 사랑을 이룰 수 없다는 절망감에 빠져 있다면, 그럼 그와 같은 청춘인 나도 마찬가지라는 얘기가 되는데, 그럼 난 어떻게 하란 말인가. 그런 식으로 따지면 이 세상의 청춘들은 모두 쓸데없이 너무 오래 살고 있는 셈이라 당장 죽어 마땅한 존재일 것이다…….

이때 맞은편 의자에 앉아 있던 다미가 소리 없이 일어나 내 곁으로 왔다.

다미는 나의 심정을 전혀 눈치 채지 못하고 있는 것 같았다. 그녀는 지금 내가 느끼고 있는 음울한 소외감과 박탈감을

도저히 읽어낼 수 없었을 것이다. 아까 청년이 노래를 부를 때 다미는 딴 생각을 하고 있는 것처럼 보였기 때문이다. 그러니 노래 가사에 별 감동을 못 받는 것은 물론, 내가 노래에 빠져들며 점차 표정이 음울한 쪽으로 변해가는 것에 신경 쓰지 못했을 게 뻔했다.

하긴 다미가 신경을 곤두세워 내 얼굴을 지켜봤다 해도 표정의 변화를 읽어내긴 어려웠을 거라는 생각도 들었다. 나는 언제나 변함없이 피로와 권태가 감도는 우울한 표정을 하고 있었기 때문이었다.

다미는 내 곁으로 바짝 다가와 앉았다. 그녀가 내 어깨에 살며시 머리를 기댄다. 그녀의 짙은 체취가 내 코에 더 강하게 흡입되고, 그녀의 보드라운 살결이 내 몸에 더욱 직접적으로 느껴졌다.

다미가 입을 열었다. 그리고 불쑥 나에게 말했다.

"……당신이 정말 귀여워요."

이상하게도 다미의 목소리엔 억양이 없었다. 마치 무미건조한 음성으로 녹음된 안내방송 같은 것을 듣는 것 같았다. 다미의 얼굴을 봐도 별 표정이 없었다.

잠시 침묵이 흘렀다. 나는 불현듯 자리에서 일어나 도망치고 싶은 충동을 느꼈다. 그녀가 한 말이 어쩐지 어색하게만 들리고, 아니 '귀엽다'라는 말 자체가 왠지 자존심 상하게 들리고, 도무지 애정 표시로 다가오지 않았기 때문이었다.

잠시 후 나는 다미의 얼굴을 내려다보았다. 그리고 다미의 눈을 통해 고교 졸업 이후에는 나한테서 이미 사라져버린, 남녀가 일체감으로 결합되는 교과서적 사랑에 대한 순진한 갈구를 억지로라도 읽어내 보려고 노력했다.

그러나 다미의 눈동자에는 초점이 없었다. 그녀는 아무런 표정 없이 시야를 허공중에 고정시켜 놓고 있었다. 나는 결국 시선을 다른 곳으로 돌렸다.

꽤나 긴 시간이 흘러갔다. 나는 주저하다가 다시금 다미의 눈을 바라보았다. 내가 대꾸를 해주지 않았는데도 다미는 서운해 하는 기색이 별로 없어 보였다. 그녀의 눈은 이제 초점 없는 몽롱한 시선으로 나를 올려다보고 있었다. 그래서 나는 한결 더 어색해지고 불편해졌다.

잠시 후 다미가 내 가슴으로 파고들어오면서 억양 없는 목소리로 말했다.

"……저한테 유치한 사랑 같은 건 기대하지 마세요."

나는 다미의 말을 듣고 나서 약간 신경질이 났다. 그래서 이렇게 대꾸해주고 싶었다.

"왜 다미 씨가 나에게 사랑을 주지 못한단 말이에요? 유치한 사랑이란 대체 어떤 상태를 가리키는 거죠? 이 세상엔 좋은 여자도 없고 나쁜 여자도 없어요. 마찬가지로 좋은 남자도 없고 나쁜 남자도 없지요. 굳이 가른다면 아름다운 여자와 아름답지 못한 여자, 잘생긴 남자와 못생긴 남자가 있을 뿐이죠. 다미 씨는 어쨌든 겉보기에 아름다운 여자입니다. 그것도 굉장히. 그러니까 다미 씨는 좋은 여자 쪽에 들어가는 거죠."

하지만 이런 말들은 그저 내 입안에서만 맴돌 뿐 입 밖으로 나가진 못했다. 나는 다만 다미의 머리카락을 손으로 쓰다듬어주는 것으로 의례적인 대답을 대신할 수밖에 없었다.

무언가 우울한, 아니 촌스러운 비애감이 내 가슴을 짓누르고 있었다. 그것은 과거에 대한 하릴없는 추상(追想)에 연유한 것일 수도 있고, 미래에 대한 정체 모를 불안감에서 오는 것일 수도 있었다. 아니면 삶 자체나 사랑 자체에 대한 허무감이나 불신감 때문일 수도 있었다. 아니, 허무감이나 불신감을 빙자한 삶과 사랑 자체에 대한 무력감 때문일 수도 있었다.

다미는 내가 대답 대신 자기의 머리를 쓰다듬어주자, 입술을 내밀어 기계적인 동작으로 내 이마에 키스를 했다. 그러고 나서 역시 억양 없는 목소리로 나에게 이렇게 말했다.

"……그래도 어찌됐든 앞으로도 계속 내 생각은 해주실 거죠?"

나는 다미의 물음에 대답해줄 수가 없었다. 그녀를 사랑해줄, 아니 좋아해줄 자신이 없어서가 아니라 그녀의 말이 여전히 생경하게만 들리기 때문이었다.

아무리 봐도 다미는 줄곧 무덤덤한 표정을 하고 있었다. 그녀의 진짜 생각을 도저히 읽어낼 수가 없었다. 하긴 다미의 '진짜 생각'이 무엇일까 하고 궁리해 본다는 것 자체가 우스꽝스런 현학 취미에 불과한 것인지도 몰랐다.

나는 다미가 불쑥 내뱉은 '귀엽다'라는 말 한마디에 이토록 당황해하고 있는 나 자신이 우스꽝스럽게 느껴졌다. 그녀의 목소리에 억양이 있는지 없는지, 그녀의 눈동자에 표정이 있는지 없는지, 그걸 따져보려 했다는 것 자체가 이미 내가 어른이 되어가고 있는 탓이라는 생각이 들었기 때문이었다. 나이 든다는 것은 곧 육체보다 정신이, 아니 감각보다 이성이 예민해져간다는 것을 의미했다.

하지만 아무리 머리를 쥐어짜 봐도 무슨 대답이든 대답을 해 줄 말이 없었다. 그녀를 싫어해서가 아니라, 그리고 그녀를 더 이상 좋아해줄 자신이 없어서가 아니라, 모든 미래가 왠지 한없이 불투명해 보였기 때문이었다.

그래서 나는 이번에도 그저 다미의 머리를 쓰다듬어줄 수밖에 없었다. 내가 머리를 쓰다듬어주자, 다미는 나를 힘껏 포옹했다. 나는 다미의 뺨에 따뜻하고 정성스러운 입맞춤을 해주려고 애써보았다. 그렇지만 역시 아무래도 어색했다.

이때 내 귀에 주막 안 어디선가 기타줄 고르는 소리가 들려왔다. 주막 주인이 노래를 부르려는 듯, 기타로 반주를 넣기 시작하고 있었다. 그래서 나는 비로소 어색한 침묵과 포옹으로부터 겨우 벗어났다.

어딘지 모르게 우울해 보이는 눈동자와 흰 턱수염이 주막 주인의 얼굴을 더 사색적으로 보이게 했다. 나직하면서도 공명 있게 울리는 그의 음색은 그가 살아온 과거가 궁금해지게 만들어 주고 있었다.

나는 다미를 느슨하게 껴안은 자세로 주막 주인이 부르는 노래를 들었다. 다미는 여전히 무표정한 얼굴을 하고서 초점 없는 시선을 보내고 있었다.

님이여, 저는 아주 키가 작은 나무이고 싶어요.
우리들은 모두 다 외로움의 대지에
뿌리를 깊이 내린 나무들입니다.

나무들은 모두 고독으로부터 벗어나려고
몸부림치고 있어요.
그래서 대지와는 정반대 방향인 하늘만을
바라보고 있지요

키가 비슷하게 작은 나무들은, 서로의 가슴 위로 불어 가는

크고 작은 바람들을 함께 알아요.

모두들 외로움에 깊이 지쳐 있기 때문에

나무들은 서로가 서로를 바라보고 싶어합니다.

하지만 키가 큰 나무들은 그 큰 키만큼

고적하고 외롭습니다.

하늘만을 바라볼 수 있을 뿐,

서로가 마주 보며 사랑을 나눌 수 있는

나무가 적으니까요.

님이여, 그래서 저는 아주 작은 한낱 잡목이고 싶어요.

키 큰 나무는 되고 싶지 않아요.

비록 아무 의미도 없이 쓰러져 땅속에 묻혀 버린다고 해도,

저는 그저 외롭지 않게 한 세상을 살며

꿈꾸듯 서로 바라보며

따사롭게 위안 받을 수 있는

그런 많은 이웃들을 가지고 싶습니다.

12
회상

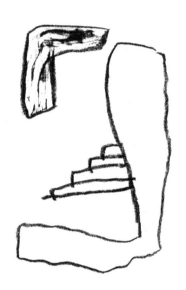

회상

어렸을 때부터 나는 원체 눈물이 많았다. 여성적인 성격인데다가 쉽게 감상(感傷)에 빠져들기 잘하는 문학소년이기 때문이었다.

중·고등학교 시절까지도 나는 영화를 볼 때나 소설을 읽을 때 흐느껴 우는 일이 많았는데, 지금 생각해 보니 영화나 소설 자체의 내용이 비극적이어서라기보다는, 나 자신을 스토리 속에다가 대입(代入)시켜 놓고 실컷 울어버림으로써 카타르시스를 맛보고자 했던 것 같다.

가끔 실제로 기막히게 억울한 일을 당하거나 진짜 외롭다고 절감할 때는, 방 안에서 이불을 푹 뒤집어쓰고 엉엉 소리를 내어 울기도 했다. 술을 마시거나 담배를 피워서 울화를 삭이는 것보다는 그편이 오히려 더 나았다.

고등학교를 졸업할 때까지 나는 담배를 입에도 대지 않았고, 술은 어쩌다 가끔 마셔도 폭음에까지 이르는 경우는 없었다. 그냥 맨정신으로 지내도 아무렇지도 않았던 것이다. 그때 내가 술이나 담배 없이도 외로운 긴긴 밤을 견뎌낼 수 있었던 것은 무엇 때문에서였을까? 아무래도 '눈물'이 있었기 때문이었던 것 같다. 울고 싶다고 생각하면 금세 눈물이 줄줄 흘러내렸고, 또 사소한 슬픔에도 걸핏하면 울길 잘해서, 나는 그럭저럭 이런저런 스트레스와 비애(悲哀)를 달랠 수 있었던 것이다.

대학 입학 후, 말하자면 '예비 사회인'으로 뛰어들게 되면서부터 눈물이 귀해지기 시작했다. 아무리 울어보려고 해도 잘 안 되는 경우가 많았다. '체면'과 '자존심'으로 잔뜩 나를 위장시켜야만 그런대로 거친 세파(世波)를 헤쳐 나갈 수 있게 됐기 때문이었다. 대학시절은 한껏 풋풋한 청춘시절이라기 보다는, 장래의 직장이나 사회적 입신(立身) 같은 것을 고민해야 했으므로 일반인이 사회생활을 하는 것과 비슷했다.

그 뒤로는 눈물 대신 술과 담배가 점점 늘어났을 것이 뻔한 이치다.

워낙 눈물이 많았던 탓에, 고교 시절 동아리에서 만난 여자 C에 대한 사랑의 열병을 앓을 때, 상대방이 홧김에 이별을 선언해 오면 금세 그것을 곧이듣고 옆 사람 눈치도 아랑곳없이 펑펑 울어댔다.

내가 우람하고 당당한 체격을 갖지 못하고 유약한 몸매를 타고나서 그런지, 나는 고교시절에 연애를 할 때 상대방에게 주로 '동정심'을 구하는 식으로 구애작전(求愛作戰)을 폈다. 여자들이 보기에는 내가 너무나 한심한 남자로 보였을 것이다.

대학 시절에 나는 세 명의 여자와 연애를 했는데, 끝은 대개가 '눈물'뿐이었다. 대학 입학 후부터 '눈물'이 귀해지긴 했지만, 그래도 사랑은 '눈물의 씨앗'이기 때문이었다. 내가 여자한테 이별 당하였을 때도 물론 울었지만, 내가 여자를 떼어버렸을 때도 울었다. '사랑'이란 것이 너무나 정체불명의 감정이요, 허무한 신기루같이 생각되었고, 당시로서는 그것이 곧 절망이기 때문이었다.

그렇지만 내가 역시 몇날 며칠을 계속해서 가장 크게 소리 내어 울었던 적은 다미의 자살 소식을 접하고 나서였다.

다시 그때를 회고해 보면 대학 2학년 봄에 나는 우연히 다미를 만나게 되었다. 나는 다미 때문에 그때 사귀고 있던 C와 헤어질 결심을 하게 되었다. 두 사람을 동시에 똑같이 사랑할 수는 없기 때문이었다.

그만큼 다미는 내 마음과 영혼을 온통 사로잡았었다. 순백의 피부, 헌칠한 키와 달걀형의 얼굴 윤곽, 오뚝한 코, 약간 어눌한 말씨, 그리고 무엇보다도 맑으면서도 우수가 깃든 눈…….

나는 다미에게 정신없이 빠져들었고, 그녀 역시 나에게 꽤나 친절하게 잘 대해주었다. 그러나 지금 와서 생각해 보니 나와 다미가 동갑내기였기 때문에 아무래도 내 쪽의 정신연령이 어렸던 것 같다. 데이트를 시작한 지 반 년쯤 지나자, 그녀는 데이트 중에도 사는데 몹시 지친 기색을 보이며 시무룩한 얼굴로 나를 대하곤 했다. 다미는 그때 정체불명의 우울증, 또는 조울증 등 여러 가지 원인이 겹쳐 괴로움에 시달리고 있었는데, 나는 그녀에게 푸근하고 믿음직스런 반려자가 못 되었던 것이다.

그녀가 죽은 뒤 나중에 가서 소문에 들으니, 다미는 재벌 아버지의 첩(妾)의 딸이라고 했다. 그래서 돈은 풍족하게 썼지만 자신의 가정환경에 대한 열등감으로 인해 늘 우울해하며, 방탕한 생활과 프리섹스를 곁들인 잦은 연애로 공허한 심정을 달래곤 했다는 것이다. 그러다가 우울증이 더 깊어져서 자살로까지 가게 됐다는 것이었다.

나는 신파조(調) 연극에나 나오는 유치한 절망 때문에 죽은 다미가 더욱더 불쌍하게 느껴졌고, 그녀와 나 사이의 사랑이 관능적이고 드라마틱한 스토리를 만들어낼 수 있었다면, 다시 말해서 그녀와 육체관계까지 갔었더라면, 그녀가 자살까지는 안 갔을 거라는 후회를 해보게 되었다. 지금 생각해보니 이렇다 할 섹스 같은 것도 없이 그저 내 쪽에서 칭얼칭얼 보채대기만 하는 사랑이었다.

한동안 그녀는 내게 기대를 걸어보았을 것이다. 그러나 결국 내가 별 볼일 없는 백면서생(白面書生)이라고 판단되었는지 긴 침잠과 우울 끝에 자살을 택하고 말았다.

돌이켜 생각해보면 내가 그녀의 자살을 예상 못했던 게 잘못이었다. 그녀가 죽기 보름 전 마지막으로 내게 보내온 시에서, 그녀는 자살 의사를 암시하고 있었다. 그런데 내가 바보같이 그걸 눈치채지 못했다. 다음에 그 시를 한번 소개해보기로 한다. 시 제목이 「자살자(自殺者)를 위하여」로 되어 있었다.

우리는 태어나고 싶어 태어난 것은 아니다
그러니 죽을 권리라도 있어야 한다
자살하는 이를 비웃지 마라
그의 좌절을 비웃지 마라

참아라 참아라 하지 마라
이 땅에 태어난 행복,
열심히 살아야 하는 의무를 말하지 마라

바람이 부는 것은 불고 싶기 때문
우리를 위하여 부는 것은 아니다
비가 오는 것은 오고 싶기 때문
우리를 위하여 오는 것은 아니다
천둥, 벼락이 치는 것은 치고 싶기 때문
우리를 괴롭히려고 치는 것은 아니다
바닷속 물고기들이 헤엄치는 것은 헤엄치고 싶기 때문
우리에게 잡아먹히려고,
우리의 생명을 연장시키려고

헤엄치는 것은 아니다
자살자를 비웃지 마라
그의 용기 없음을 비웃지 마라
그는 가장 솔직한 자
그는 가장 용기 있는 자
스스로의 생명을 스스로 책임 맡은 자
가장 비겁하지 않은 자
가장 양심이 살아 있는 자

나는 그녀가 자살했다는 소식을 다미의 친구로부터 전해 듣고 나서 하늘이 무너져 내리는 느낌이었다.

한 달 가까이 이불을 뒤집어쓰고 울었던 것 같다. 지금 와서 생각해 보니 지극히 치기(稚氣) 넘치는 사랑이었지만 그때의 나로서는 뼈가 저리도록 아픈 체험이요, 죽음보다 더 깊은 실연이었다.

그 사건 이후로 나는 사랑 때문에 울긴 울었으되 그때만큼 절실하게 슬프게 울어보진 못했다. 다미에게는 미안한 얘기지만 너무나 값진 성장의 눈물이었다. 그러나 한편으로는 내가 사랑의 감정에 점점 무디어져 갈 수 있게 만든 신호탄이기도 했다.

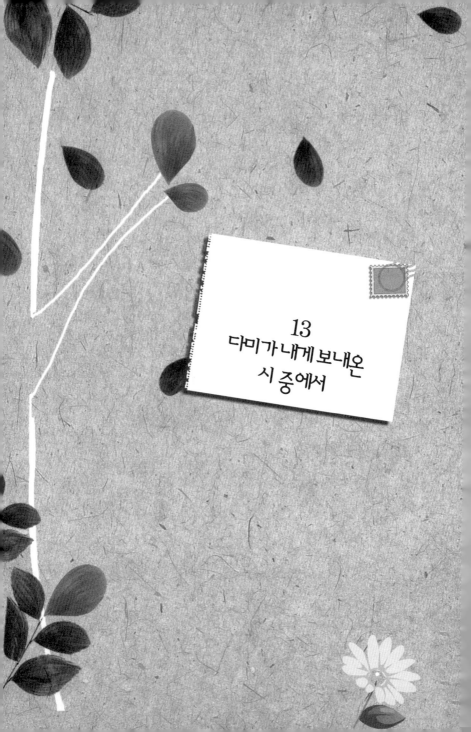

13
다미가 내게 보내온
시 중에서

다미가 내게 보내온
시 중에서

엄마가 섬 그늘에

엄마가 섬 그늘에
굴 따러 가면
아기가 혼자 남아
집을 보다가
아기가 혼자 남아
집을 보다가
여러 날 여러 날
집을 보다가

굶어
죽었다

5월 신록(新綠)

아, 이 무슨 엉뚱한 기적이랴
한겨울 내내 죽어있던 이들의
팔뚝마다 힘이 솟아나
하늘 보고 두 팔 들어
목청껏 합창하고 있음은.

살아있는 것들은 다 죽고 죽어
결국은 돌아올 수 없는 먼 피안(彼岸)으로
떠나고 마는 지금
어째서 나무는 저리도 끈질기게 살아

해마다 지겹도록 다시 살아
죽어가고 있는 우리들,
죽고 싶어하는 우리들을
당황하게 하는가.

저 무섭고 두려운 억겁(億劫)의 윤회를
우리에게 미리부터 다짐주려 함인가.

나무야 나무야, 제발 도로 죽어다오.

우리는 사랑했다

우리는 사랑했다. 꽃과 같이
불과 같이
바람과 같이
바다와 같이

우리는 입맞췄다. 끈적끈적
흙탕물같이
소낙비같이
장마같이
천둥같이

우리는 서로 할퀴었다. 날카로운
손톱으로 발톱으로
채찍같이
몽둥이같이
칼날같이

우리는 서로 안았다. 배암같이
두더지같이
지렁이같이
아메바같이

우리는 서로 죽였다. 예쁘게
박제된 백조같이
낭자하게 피 흘리는
복날 개같이

깨갱깽 깨갱깽 울면서
우리는 성심껏 서로를
죽였다
비수 같은 혓바닥을 세워
서로를 깊숙이 찔렀다
한껏 음란하게
우리는 서로를 죽였다
영화같이

생일

나는 생일을 별로 좋아하지 않아.
왜냐하면 나는 그저 엄마와 아버지의
섹스로 인해 생긴 부산물일 뿐이라서.

물론 엄마와 아버지가 실제로 섹스한 날은
내 생일날이 아니라
그날로부터 한참 전이겠지.

그러니까 나는 엄마와 아버지가 헉헉대며 섹스하면서
잠깐 동안 느꼈을 오르가슴에 곁달아 따라온
귀찮은 애물단지였을 게 분명해.

내가 한 말이 틀렸니? 그렇다면 곰곰이 잘 생각해봐.

인간은 태어난 게 아니라
그저 내던져진 존재일 뿐이야.

어거지로 나를 태어나게 한 그날을 나는 증오해.
결국은 고통뿐인 게 인생이니까.

우리들은 포플러

포플러는 오늘도 몸부림쳐 날아오르고 싶어한다.
놓쳐버린 그 무엇도 없이
대지의 감미로움만으로는 아직 미흡하여

다만 솟구쳐 날아오르는 새가 부러워
끝간 데 없이 뻗어나간 하늘이 부러워
바람이 부러워

포플러는 자유의 의미도 모르는 채
언제껏 손을 쳐들고
흔들고만 있다.

날아오르라, 날아오르라, 날아오르라,
땅속에 묻어버린 꿈, 역사에 지친 생활의 빛에
체념, 권태로 하여 잊어버린
네 생명의 자존심 섞인 의지에!

아무리 흔들어 보아도 손에 잡히지 않지만
아픔도 잊고 세월도 잊고 사랑도 잊고
포플러는 오늘도 안타깝게 손을 휘저어 본다.

명백히 놓쳐버린
그 무엇이라도 있다는 듯이

가을

가을이 우리를 에워싸 안았다

가을이 우리를 절망하게 하고
가을이 우리를 사랑에 미쳐 날뛰게 했다

누군가 염세자살하고 있는 가을
누군가 환각제를 먹고 있는 가을
누군가 자살미수로 살아나고 있는 가을
누군가 환각제 복용으로 잡혀가고 있는 가을

그 가을에 우리는 만났고
그 가을에 우리는 밤새도록 울었다

더 큰 오르가슴에 대한 가슴 시린 안타까움으로
더 근사한 죽음에 대한 깊디깊은 갈증으로

노처녀의 한(恨)

아아 내가 젊고 섹시한 여왕이라면
게다가 무엇이든 마음대로 할 수 있는 폭군 여왕이라면

손톱을 비수처럼 날카롭게 길러
매일 밤 남자들을 찔러죽이며 놀 텐데

또 남자 노예들을 침대 대신 의자 대신 사용하며
하루 종일 내 몸뚱어리를 핥게 할 수도 있을 텐데

내 나라에선 남자들이 다 노예가 되도록 할 테야
오직 여자들만을 국민으로 대우할 테야

그러니까 내겐 정식 남편이 없겠지
수백 명의 남첩(男妾)들이 우글대는 후궁만이 있겠지

내 식사는 남자들의 고기!
내 음료수는 남자들의 피!

장마

장마 가운데 내리고 싶다.
내 가슴 속 엉긴 핏덩이
좔좔좔 좔좔좔 씻어내리고 싶다.

무엇이 두려우냐 무엇이 서러우냐
뒤섞여 흘러가는 저 물 속에
네 고독이 오히려 자유롭지 않으냐

아아, 못생긴 이 희망, 못생긴 이 절망
밤새워 뒤척이는 숨가쁜 꿈, 꿈들,
빗줄기 속으로 씻겨져 내렸으면!

긴긴 밤 보채대는 끈끈한 이 사랑,
제 미처 죽지못해 미적이는 이 목숨,
우우우 우우우 부서져 흘렀으면!

장마 가운데 내리고 싶다.

내 껍질 모두 다 훨훨훨 빨가벗겨
빗줄기에 알몸으로 녹아들고 싶다.

왜 뱀은 구르는 수레바퀴 밑에 자기 머리를
집어넣어 말벌과 함께 죽어버렸는가?

말벌이 뱀의 머리 위에 앉아 침으로 계속 쏘아댔으므로
뱀은 아파서 견딜 수 없는 지경에 이르렀다
그러나 아무리 생각해봐도 복수할 방법이 없었으므로
뱀은 구르는 수레바퀴 밑에 자기 머리를 집어넣어
말벌과 함께 죽어버렸다

뱀과 말벌과의 관계는
나와 문학과의 관계
현실과의 관계
나를 괴롭히고 고민하게 만드는
그 모든 것들과의
관계와도 같다

그러나 나는 죽음이 두려워
현실이라는 거대한 늪에서
헤어나오지 못하고 있는 서글픈 존재이다.

과연 나는 현실에서 벗어날 수 있을까
적(敵)을 깨부숴버릴 수 있을까
과연 나는 말벌과 함께 죽는
뱀의 우렁찬 용기를 가질 수 있을까

자살에 대하여

예술가가 자살을 하면 멋있고
승려가 분신자살을 하면 소신공양(燒身供養)이고
혁명가가 자살을 하면 열사(烈士)가 된다
이건 참 우습다
자살에 무슨 의미가 있는가?

생활고에 의한 자살은 비겁한 것이고
치정 사건에 의한 자살은 병신 짓이고
예술가의 자살은 근사한 것이라는
편견은 정말 우스운 일이다

자살이나 자연사나 병사(病死)나 무엇이 다른가?
죽는다는 것은 다 같은 것이다
개의 죽음이나 소의 죽음이나
파리의 죽음이나 인간의 죽음이나
다 같은 거지 무엇이 다르단 말이냐

작가 약력

마광수

1951년 - 3월 10일(음력), 가족이 한국전쟁 중 1·4 후퇴시 잠시 머문 경기도 수원에서 출생. 본적은 서울.

1963년 - 서울 청계초등학교 졸업. 대광중학교 입학.

1969년 - 대광고등학교 졸업. 연세대학교 국문학과 입학.

1973년 - 연세대학교 국문학과 졸업. 연세대 대학원 국문학과 입학.

1975년 - 연세대 대학원 국문학과 졸업(문학석사).
          - 방위병으로 군 복무.

1976년 - 연세대 대학원 국문학과 박사과정 입학.
          - 이후 1978년까지 연세대, 강원대, 한양대 등 시간강사 역임.

1977년 - 『현대문학』에 「배꼽에」「망나니의 노래」「고구려」「당세풍의 결혼」「겁(怯)」「장자사(莊子死)」 등 6편의 시가 박두진 시인에 의해 추천되어 문단에 데뷔.

1979년 - 홍익대학교 국어교육과 전임강사로 취임. 1982년 조교수로 승진.

1980년 - 처녀시집 『광마집(狂馬集)』을 심상사에서 출간.

1983년 - 연세대 대학원에서 「윤동주 연구」로 문학박사 학위 받음. 학위논문 『윤동주 연구』를 정음사(2005년 개정판부터 철학과현실사)에서 단행본으로 출간.

1984년 - 연세대학교 국문학과 조교수로 취임. 1988년 부교수로 승진.
- 시선집 『귀골(貴骨)』을 평민사에서 출간.
1985년 - 문학이론서 『상징시학』을 청하출판사(2007년 개정판부터 철학과현실사)에서 출간.
1986년 - 문학이론서 『심리주의 비평의 이해』를 청하출판사에서 출간.
1987년 - 평론집 『마광수 문학론집』을 청하출판사에서 출간.
- 문학이론서 『시창작론』을 오세영 교수와 공저로 방송통신대학 출판부에서 출간.
1989년 - 에세이집 『나는 야한 여자가 좋다』를 자유문학사(2010년 개정판부터 북리뷰)에서 출간.
- 시선집 『가자, 장미여관으로』를 자유문학사에서 출간.
- 5월부터 『문학사상』에 장편소설 『권태』를 연재하여 소설가로서의 활동을 시작함.
1990년 - 장편소설 『권태』를 문학사상사에서 출간(2011년 개정판부터는 책마루에서 출간).
- 장편소설 『광마일기』를 행림출판사(2009년 개정판부터는 북리뷰)에서 출간.
- 에세이집 『사랑받지 못하여』를 행림출판사에서 출간.
1991년 - 1월에 이목일, 이외수, 이두식 씨와 더불어 서울 동숭동 '나우 갤러리'에서 〈4인의 에로틱 아트전〉을 가짐.
- 문화비평집 『왜 나는 순수한 민주주의에 몰두하지 못할까』를 민족과문학사(재판부터는 사회평론사)에서 출간.
- 장편소설 『즐거운 사라』를 서울문화사에서 출간.
- 간행물윤리위원회의 제재로 출판사에서 자진 수거·절판됨.
1992년 - 에세이집 『열려라 참깨』를 행림출판사에서 출간.
- 장편소설 『즐거운 사라』 개정판을 청하출판사에서 출간.
- 10월 29일, 『즐거운 사라』가 외설스럽다는 이유로 검찰에 의해 전격 구속되어 서울구치소에 수감됨.
- 12월 28일, 『즐거운 사라』 사건 1심에서 징역 8월에 집행유예 2년 판결을 받음.
1993년 - 2월 28일, 연세대학교에서 직위 해제됨.
1994년 - 1월에 서울 압구정동 다도 화랑에서 첫 번째 개인전을 가짐.

유화, 아크릴화, 수묵화 등 70여 점 출품.
- 『즐거운 사라』 일본어판이 아사히 TV 출판부에서 번역·출간 되어 베스트셀러가 됨.
- 문화비평집 『사라를 위한 변명』을 열음사에서 출간.
- 7월 13일, '즐거운 사라' 사건 2심에서 항소 기각 판결을 받음.

1995년 - '즐거운 사라' 필화사건의 진상과 재판과정, 마광수의 문학 세계 분석 등을 내용으로 연세대 국문학과 학생회가 쓰고 엮은 『마광수는 옳다』가 사회평론사에서 출간됨.
- 6월 16일, '즐거운 사라' 사건 대법원 상고심에서 상고 기각 판결 받음. 동시에 연세대학교에서 해직되고 시간강사로 됨.
- 철학에세이 『운명』을 사회평론사(2005년 개정판부터 『비켜라 운명아, 내가 간다』로 제목을 바꿔 오늘의 책)에서 출간.

1996년 - 장편소설 『불안』을 도서출판 리뷰앤리뷰(2011년 개정판부터 제목을 『페티시 오르가즘』으로 바꿔 Art Blue)에서 출간.

1997년 - 장편에세이 『성애론』을 해냄출판사에서 출간.
- 문학이론서 『시학』을 철학과현실사에서 출간.
- 문학이론서 『카타르시스란 무엇인가』를 철학과현실사에서 출간.
- 시집 『사랑의 슬픔』을 해냄출판사에서 출간.

1998년 - 장편소설 『자궁 속으로』를 사회평론사(2010년 개정판부터 『첫사랑』으로 제목을 바꿔 북리뷰)에서 출간.
- 3월 13일에 사면·복권되고 5월 1일에 연세대 교수로 복직됨.
- 에세이집 『자유에의 용기』를 해냄출판사에서 출간.

1999년 - 철학에세이 『인간』을 해냄출판사(2011년 개정판부터 제목을 『인간론』으로 고쳐 책마루)에서 출간.

2000년 - 장편소설 『알라딘의 신기한 램프』를 해냄출판사에서 출간.
- 7월에 이른바 〈교수재임용 탈락 소동〉이 국문학과 동료교수들의 집단 따돌림으로 일어나, 배신감으로 인한 심한 우울증에 걸려 3년 반 동안 연세대를 휴직함.

2001년 - 문학이론서 『문학과 성』을 철학과현실사에서 출간.

2003년 - 강준만 외 5인이 쓴 『마광수 살리기』가 중심출판사에서 나옴.

2005년 - 에세이집 『자유가 너희를 진리케 하리라』를 해냄출판사에서 출간.
- 장편소설 『광마잡담(狂馬雜談)』을 해냄출판사에서 출간.
- 6월에 서울 인사동 인사 갤러리에서 〈마광수 미술전〉을 가짐.
- 장편소설 『로라』를 해냄출판사에서 출간.
2006년 - 2월에 일산 롯데마트 갤러리에서 〈마광수·이목일 전〉을 가짐.
- 시집 『야하디 얄라숑』을 해냄출판사에서 출간.
- 문학론집 『삐딱하게 보기』를 철학과현실사에서 출간.
- 장편소설 『유혹』을 해냄출판사에서 출간.
2007년 - 1월에 〈색色을 밝히다〉 전시회를 서울 인사동 북스 갤러리에서 가짐.
- 시집 『빨가벗고 몸 하나로 뭉치자』를 시대의창에서 출간.
- 4월에 소설 『즐거운 사라』를 인터넷 홈페이지에 올렸다는 이유로 기소되어 벌금 200만 원 형을 판결 받음.
- 7월에 미국 뉴욕 Maxim 화랑에서 〈마광수 개인전〉을 가짐.
- 에세이집 『나는 헤픈 여자가 좋다』를 철학과현실사에서 출간.
- 문화비평집 『이 시대는 개인주의자를 요구한다』를 새빛에듀넷에서 출간.
2008년 - 문화비평집 『모든 사랑에 불륜은 없다』를 에이원북스에서 출간.
- 단편소설집 『발랄한 라라』를 평단문화사에서 출간.
- 중편소설 『귀족』을 중앙북스에서 출간.
2009년 - 연극이론서 『연극과 놀이정신』을 철학과현실사에서 출간.
- 소설집 『사랑의 학교』를 북리뷰에서 출간.
- 4월에 서울 청담동 '갤러리 순수'에서 〈마광수 미술전〉을 가짐.
2010년 - 시집 『일평생 연애주의』를 문학세계사에서 출간.
2011년 - 장편소설 『돌아온 사라』를 Art Blue에서 출간.
- 2월에 〈소년, 광수 미술전〉을 서울 서교동 '산토리니 서울'

갤러리에서 가짐.

- 에세이집 『더럽게 사랑하자』를 책마루에서 출간.
- 5월에 〈마광수 초대전〉을 서울 삼청동 연 갤러리에서 가짐.
- 화문집(畵文集) 『소년 광수의 발상』을 서문당에서 출간.
- 장편소설 『미친 말의 수기』를 꿈의열쇠에서 출간.
- 산문집 『마광수의 뇌 구조』를 오늘의책에서 출간.
- 장편소설 『세월과 강물』을 책마루에서 출간.

2012년 - 육필 시선집 『나는 찢어진 것을 보면 흥분한다』를 지식을만
드는지식에서 출간.
- 3월에 〈마광수·변우식 미술전〉을 서울 인사동 '토포 하우스'
에서 가짐.
- 산문집 『마광수 인생론 : 멘토를 읽다』를 책읽는귀족에서 출
간.
- 장편소설 『로라』 개정판을 『별것도 아닌 인생이』로 제목을 바
꿔 책읽는귀족에서 출간.
- 시집 『모든 것은 슬프게 간다』를 책읽는귀족에서 출간.

2013년 - 소설 『청춘』을 책읽는귀족에서 출간.

청춘

초판 1쇄 인쇄 | 2013년 1월 20일
초판 1쇄 발행 | 2013년 1월 30일
—

지은이 | 마광수
펴낸이 | 조선우
펴낸곳 | 책읽는귀족
—

등록 | 2012년 2월 17일 제396-2012-000041호
주소 | 경기도 고양시 일산동구 백석동 현대밀라트 2차 B동 413호
전화 | 031-908-6907
팩스 | 031-908-6908
홈페이지 | www.noblewithbooks.com
트위터 | http://twtkr.com/NOBLEWITHBOOKS
E-mail | idea444@naver.com
—

책임편집 | 조선우
표지 & 본문 디자인 | O-hoo
표지 캘리그라프(손글씨) | 마광수
표지 & 본문 일러스트 | 마광수
—

값 10,000원

ISBN 978-89-97863-13-6   03810

※ 잘못 만들어진 책은 구입하신 서점에서 바꿔드립니다.

국립중앙도서관 출판시도서목록(CIP)

청춘 : 마광수 소설 / 지은이: 마광수. -- 고양 : 책읽는귀족, 2013
    p. ;   cm

ISBN 978-89-97863-13-6 03810 : ₩10000

한국 현대 소설[韓國現代小說]

813.62-KDC5
895.734-DDC21   CIP2013000251